純喫茶クライ
地図にないお店
吉田桃子
岩崎書店

地図にないお店

# 純喫茶
# クライ

MENU

# MENU

# 純喫茶クライ

すきとおった緑色の炭酸《たんさん》ジュースに、まあるいバニラアイスが浮《う》かんでいます。赤いチェリーも、いっしょにね。

クリームソーダというものは、見ているだけでここではないどこかへつれ出してくれそうな、そんな気持ちにさせてくれる飲み物です。

フライパンで、じゅうじゅうとなにかをいためる音が聞こえてきました。トマトとコンソメがからみあうにおいに、あなたのおなかは、たちまちうれしい悲鳴をあげることでしょう。

お皿に盛《も》られたオレンジ色のスパゲッティ。具材は、ソーセージ、ピーマン、玉ねぎ。いたってシンプルなこのメニュー。だけど、ひとくち食べるごとに、自分では気づいていなかった元気を引き出してくれそうな……、これはみんな大好きナポリタン。

ここは『純喫茶《じゅんきっさ》クライ』というお店。

ほっとする飲み物と、ちょっとおなかがすいたときにちょうどいい食べ物がある喫茶店。

一歩足をふみ入れると、古びたお店にしみついた料理や飲み物の香《かお》りがあなたを包み、そして、ふしぎな世界へとつれていってくれます。

喫茶店って、おとなが行く場所だって思うでしょう？

ふつうは、そうかもしれませんが、この喫茶店は、特に子どものお客さんを待っています。

行ってみたいって思いましたか？

けれど、このお店は、ふだんはだれの目にも見えない場所にあり、地図にも載《の》っていません。

でも、ぜったいにあるのです。

生きていると、だれでも「この世界を信じられない」と思うようなできごとに出あってしまうときがあります。

自分と、この世界をつないでいる糸を、自ら断《た》ち切ってしまいたくなるような、そんな気持ちになったとき……。

『純喫茶クライ』のマスターさんは、子どものそんな思いをキャッチすると、お店の看板《かんばん》に明かりをともします。

そして、あなたはみつけるはずです。

歩きなれたいつもの道に、ぽつん、と立っているその看板を。

あら、こうして話しているあいだに、今日も『純喫茶クライ』にお客さんがやってきたようです。

装丁画・挿絵　中島梨絵
装丁　鳴田小夜子（KOGUMA OFFICE）

# なみだのミルクセーキ

ごきげんとりには
要《よう》注《ちゅう》意《い》

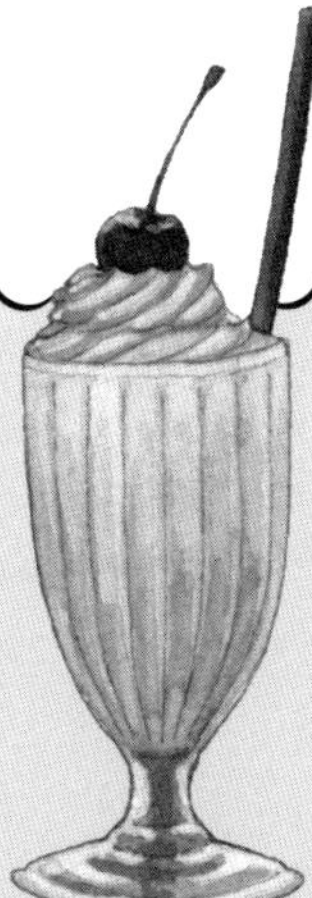

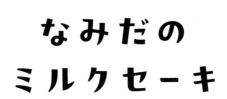

夜七時、テーブルの上には、今日の夜ごはん。

鮭《さけ》のチーズ焼きに、ポテトサラダ、それに、今日は白いごはんじゃなくて、豆ごはん。えんどう豆とお米をいっしょに炊《た》いたものだ。

「いただきます」

ここがふつうの家なら、最高の夜ごはんなのに……。

「ハア」

これみよがしに、ため息をついたのはお父さんだ。

お母さんの顔が、ぴくっとこわばるのを見た瞬間《しゅんかん》、わたしは、「いまだっ！」とふたりの空気のあいだにすべりこむ。

「これおいしー！　わたし、豆ごはんだーい好き」

そう言って、わたしはパクパクと豆ごはんを口に入れた。

「実利果《みりか》、あわてないで。ゆっくり食べなさい」

お母さんは、わたしを見て、やれやれって感じに笑う。

「お母さん、これ、おかわりある？　わたし、たくさん食べようっと」

言いながら、お父さんをチラッと見ると、つまらなそうな顔をしておかずを口にはこんでいた。

……よかった、なんとかイヤミ攻撃《こうげき》を阻止《そし》できた。

わたしは、ほっと胸《むね》をなで下ろす。

お父さんは、豆ごはんがきらいだ。

お母さんは、豆ごはんが好き。

こんなふうに、ふたりは好きなものがばらばら。

どうして、結婚《けっこん》なんかしたのだろう。

「おかわりしてきまーす！」

からになったお茶碗《ちゃわん》を持って、わたしは立ち上がった。

「あんなに食べて、おねえちゃん、きっと太るよ」

妹の千里《ちさと》がつぶやくのが聞こえたけど、無視《むし》、無視。

まだおかずも半分残っているし、ここでおかわりをしたら、おなかがいっぱいになりすぎてしまう。

でも……。

ここで、わたしががんばれば、お父さんとお母さんのけんかを防《ふせ》ぐことができる。

それなら、わたしは、もっとごはんを食べるよ。

太ったってかまわない。

ふたりの言い争う姿《すがた》を見なくてすむなら、どんなことだってする。

お父さんは、いいおじさんのくせに食べ物の好ききらいが多くて、食卓《しょくたく》に苦手なメニューが並《なら》んでいると、だれが見てもわかるくらいにふきげんになる。

さっきの、わざとらしいため息もそう。

そして、お母さんは、そんなお父さんをほうっておくことができない。

表情《ひょうじょう》や、声のトーン、態度《たいど》、そこにふきげんのタネをみつけると、それをいちいち拾い上げて、大さわぎするんだ。

――「そんなにいやなら、食べなくてもけっこうですよ」

つい三日前、そうやってバクハツしたお母さんが、せっかくのおかずをシンクにどさあっと捨《す》てたことを思い出し、わたしは胸《むね》がギュッとなった。

いま、わたしは小学五年生。

いったい、なにがはじまりだったんだろう。

四年生の夏休みごろから、お父さんとお母さんはけんかばかりするようになった。

朝、お父さんはわたしたちが起きる前には仕事へ行ってしまう。

だから、家族がみんなそろうのは、こんなふうに夜ごはんのときだけ。

もし、仲のいい家族なら、夜ごはんは、きっとうれしい時間なんだろう。

でも、うちは……。


「あーあ、つかれた。もう、じごく～」

夜ごはんが終わり、わたしは子ども部屋、二段《だん》ベッドの下に寝《ね》ころんだ。

おなかがぱんぱんにふくらんで、げふっと息がもれた。

「やだ！　おねえちゃん、げっぷした！」

上の段にいた千里《ちさと》が、ぬっと顔を出した。

千里は、さかさまのまま、わたしに向かって言う。

「きたないよ」

「だって、しょうがないじゃない。わたし、豆ごはん三ばいもおかわりしたんだから」

「なんで無理して食べるの？」

「だって……」

ああ、おなかが苦しい。

おいしいけれど、食べすぎはやっぱりきついな。

寝《ね》ころんだまま、ふくれたおなかをさする。

「どうせ、お人好《ひとよ》しのおねえちゃんのことだから、お母さんがかわいそうだーって思ってるんでしょ。夫婦《ふうふ》げんかなんて、ほうっておけばいいんだよ。いくら子どもだってね、おとなの勝手なけんかに巻《ま》きこまれるなんてうんざり。そんなひまないんだよって」

ひとつ年下の千里《ちさと》は、なんでもズバズバ、はっきりと意見を言う。

それなのに、お父さんとお母さんのけんかには、いっさい口出しをせず、だんまりを決めこんでいる。

「千里、あんた、忘《わす》れちゃったの？　五月の乱《らん》を」

わたしが言うと、千里は「忘れるわけないよ。一生、忘れられないよ」と言った。

半年前も、お父さんとお母さんは、けんかをした。それは、いままでのけんかにくらべて、いちばんはげしいものだった。

わたしと千里は、それを「五月の乱」と呼《よ》んでいる。五月の、ゴールデンウィークが終わったばかりのことだった。

口げんかだったそれは、だんだんヒートアップして、とっくみあいになり、リビングのカーテンはビリビリに破《やぶ》け、観葉植物の鉢《はち》が割《わ》れて、あたりには土が散乱《さんらん》し……。

「思い出したくもない。悪夢《あくむ》だよ。でもね、おねえちゃん、わたし、あれを見て決めたの。親のけんかは、もう完全に無視《むし》しようって。だって、あのとき、わたしとおねえちゃん、泣いて止めたよね、ふたりを。泣きすぎて目が痛《いた》くなって、声もかれて、それなのに、結局、解決《かいけつ》しなかったじゃない。わたし、思ったんだ。ああ、こういうのって、子どもが止めても無駄《むだ》なんだなって。だったら、そんなことに体力を使うのはやめて、自分のために生きようって」

「千里は冷たいね」

わたしが言うと、千里は「はあ？」と大きな声をあげた。

「おねえちゃんこそ、自分に冷たいんじゃない？」

「なにそれ、どういうこと」

「だって、いまだっておなかいっぱいになりすぎて動けないんでしょ。それって、自分の体を痛《いた》めつけてるってことじゃないの？　自分を粗末《そまつ》にしてるんだよ」

「そんなことないよ。世界には、食べるのにこまっている子がいるんだし、おなかいっぱいのわたしはめぐまれてると思うけど」

「でも、おねえちゃんが豆ごはんを無理して食べたのは、お父さんとお母さんがけんかになりそうなのを防《ふせ》ごうとしたからでしょ？」

「……」

わたしは、ぐっと返事につまった。

千里《ちさと》は、わたしの、おかわりの理由をわかっていたんだ。

だったら、ちょっとくらいわたしに協力したってよかったじゃない。

なんで、わたしばっかり……。

そう思ったとき、千里が言った。

「おねえちゃんの先回り行動は痛々《いたいた》しくて見ていられないよ」

「先回り行動？」

「そ！　お父さんとお母さんがけんかになりそうだと、あわてて『このおかずおいしーっ』とか『見て、あのお笑い芸人サイコー』とか言って、から元気ふりまいちゃってさ……。今日の豆ごはんだってそうだよ。残ったら冷凍《れいとう》すれば、あとでちゃんと食べられるし、そんなに心配しなくてもだいじょうぶだって」

「……」

くやしいけれど、千里の言うとおりだ。

わたしは、お父さんとお母さんがけんかになりそうになると、いち早くそれを察知する。

そして、けんかに発展《はってん》しないよう、ぴりぴりした空気をこわすことを全力で考える。

今日は、それが「お父さんのきらいな豆ごはんをたくさんおかわりすること」だった。

「見て、おねえちゃん」

千里は、一冊《いっさつ》の本を見せてきた。

『だれにでもわかるプログラミング』

「わたし、将来《しょうらい》は有能《ゆうのう》なプログラマーになって、こんなうち、さっさと出ていくんだ。だから、いまから、たくさん勉強しなきゃ。夫婦《ふうふ》げんかなんて、知ーらない」

二段《だん》ベッドの上で、千里《ちさと》が、ごろんと横になる音が聞こえた。

「千里」

体を起こして上の段をのぞくと、千里は、うつぶせの状態《じょうたい》でプログラミングの本と向き合っていた。

「千里ってば」

「もー、なあに？　おねえちゃんも自分の好きなことをすればいいじゃない。ほら、前、すごく気に入って何回も見ていた動画あったでしょ。あれ見たら？」

「ああ、ストリートピアノね」

「そうそう、それ」

「う～ん。いまは、いいや……」

千里と話をするのをあきらめて、わたしは、ふたたび二段ベッドの下の段に寝《ね》ころんだ。

横向きになって、ねこみたいに体を丸める。

千里の言うとおり、わたしは、前までは動画サイトにアップされるストリートピアノの演奏《えんそう》が好きだった。

駅や空港に置いてある、だれでも好きにひいていいピアノ。

訪《おとず》れるひとたちが次々《つぎつぎ》にあざやかな音色を奏《かな》でていく。

だけど、いまはどんなにすてきな音楽でも聴《き》く気になれなかった。

……わたしは、千里みたいに割《わ》りきることができない。

目を閉《と》じると、いまでも、お父さんとお母さんの「五月の乱《らん》」が、きのうのことみたいによみがえってくる。

おたがいをののしる声。

植木鉢《うえきばち》が割れる音。

このままじゃ、どちらかがこわれるまでけんかは終わらない。

そうなったら、どうしよう。

わたしは、世界が終わってしまうのと同じくらいの恐怖《きょうふ》を味わった。

もう、二度とあんな思いはしたくない。

だから、わたしは千里にバカにされても、先回り行動をやめない。

もし、わたしが自分の好きなことに夢中《むちゅう》になっていたら、そのあいだにお父さんとお母さんはまたけんかを始めるかもしれない。

わたしは、なにも気づいていない、むじゃきな子どもを演《えん》じて、お父さんとお母さんのけんかを止めてやるんだ。


「あーあ、ついてない」

夕方の五時半。

下校時刻《げこうじこく》はとっくに過《す》ぎて、通学路を歩いている小学生はだれもいない。

十一月の空は暗くなるのが早くて、あたりはもう夜みたいだ。

宿題を忘《わす》れたペナルティとして、わたしは放課後、居残《いのこ》り学習をさせられた。

漢字の書き取り三ページ。

――「わたし、思ったんだ。ああ、こういうのって、子どもが止めても無駄《むだ》なんだなって。だったら、そんなことに体力を使うのはやめて、自分のために生きようって」

きのうの夜、千里《ちさと》が言っていたことを思い出した。

やっぱり、千里の言うとおりなのかも。

なぜなら、わたしは、お父さんとお母さんのことを気にしすぎて宿題のことをすっかり忘れてしまったのだ。

千里に笑われるだろうな。

そんなことを考えながら、歩いていたときだった。

あれ？　こんなところにお店なんてあったかな？

コーヒーカップの絵が描《か》かれた看板《かんばん》に、明かりがともっている。

『純喫茶《じゅんきっさ》クライ』

そばには地下へ続く階段《かいだん》がある。

きっと、この階段を下りていった先にお店があるんだろう。

中をのぞこうとして、身をかがめたとき、
かちゃん。

あっ！

ランドセルにつけていた防犯《ぼうはん》ブザーがはずれ、かん、かん、と階段を転がっていった。

「あーっ、待って」

まるでスーパーボールがはずむようにして階段《かいだん》を落ちていく防犯《ぼうはん》ブザーを、わたしは追いかけた。

階段が終わり、床《ゆか》に転がっていた防犯ブザーを拾う。

よかった、なくしたらたいへんだった。

それにしても、これを追いかけているうちに地下まで下りてきちゃった。

ふつう、あんなにころころ転がっていくものなのかな？

あの転がり方、まるで、わたしをここにつれてきたかったみたい……。

そう思って、心臓《しんぞう》がドキッとする。

まさかね。わたし、なにを考えているんだろう。

通路はずっと奥《おく》のほうまで続いている。この果ては、いったいどうなっているんだろう。そうだ！　さっき見たコーヒーカップの看板《かんばん》のお店、あれはどこにあるのかな。

なんの装飾《そうしょく》もないつるりとした冷たい壁《かべ》に、数メートルおきに小さな豆電球がともっているだけの暗い空間は、まるで、おばけでも出てきそうだ。

……こわい。

わたしは、ごくりとつばを飲みこんだ。

でも……。

こわい、けれど、確《たし》かめてみたい。

通路の先にどんなお店があるのか、入り口だけでも見てみたい。

ふしぎと、そんな気持ちがむくむくわいてきた。

……よし。

拾った防犯ブザーをぎゅっと強くにぎりしめ、わたしは新たな一歩をふみ出した。

通路の奥へ、奥へ……。

どれくらい歩いただろう。突然《とつぜん》、目に飛びこんできた光景に、わたしは息をのんだ。

「うわあ……」

ここは、地下のはずなのに、目の前にはやさしい光がひろがっていた。

さっきまで冷たい壁だったのが、ここからは色とりどりのステンドグラスになっているんだ。

七色の虹《にじ》。

空を飛ぶ鳥たち。

舞《ま》い上がる風船。

ステンドグラスに描《えが》かれた絵を見て、わたしの心臓《しんぞう》がとくん、とくんと高鳴ってきた。

きれいだなあ、夢《ゆめ》の中みたい。

ここは地下だから、太陽の光は届《とど》かないはずなのに、ステンドグラスはあたたかな光を通し、その絵柄《えがら》をよりきれいに見せている。

ああ、わかった。電気で照らしているのかな。

まさか地下にこんな場所があるなんて、あの看板《かんばん》を見ただけじゃ想像《そうぞう》もしないだろう。だって、どこにでもあるコーヒーカップの絵が描《か》かれただけの看板だったもの。

ステンドグラスの壁《かべ》を指でつーっとなぞりながら、さらに奥《おく》へ向かって歩いていくと、つきあたりに扉《とびら》が見えた。

「あはっ、なにこれ、おもしろーい。かわいい！」

扉の横にあるガラスのショーケース！

わたしの身長の半分くらい、それほど大きくはないショーケースの中に、クリームソーダやナポリタンが並《なら》んでいる。

当然、これはにせもの。だけど、小さなころ、ままごとで使っていたものよりは本物に近い感じがする。

入り口の扉は木の枠《わく》でできていて、ガラスの部分には外にあった看板と同じく店名が書かれている。

――『純喫茶《じゅんきっさ》クライ』

……なんて、読むんだろう。

クライは、わかるけれど、その前の……。

居残《いのこ》り学習の漢字、もっと一生懸命《いっしょうけんめい》やったほうがよかったかも。

でも、地上にあった看板のコーヒーカップの絵とショーケースのクリームソーダ。

ああ、わかった。もしかしたら……！

そのときだった。

カラン、コロン。

小さな鐘《かね》のような音がしたと思ったら、扉が開き、中からだれかが出てきた。

「いらっしゃいませ」

出てきたのは、長い髪《かみ》を後ろでひとつにまとめ、黒いワンピースに、フリルのついた白いエプロンをした女のひとだった。

だまって引き返すのも悪いような気がして、わたしはその場に立ったまま動けなくなってしまった。

どうしよう……。

わたしの気持ちを察したように、女のひとが、ふっと口元に笑みを浮《う》かべた。

「じゅんきっさ、といいます。いまどきの若《わか》い方は、なじみがないかもしれませんね。カフェとか、コーヒースタンドが増《ふ》えていますから。わたしは、この店のマスターをしている者です」

扉《とびら》の文字を手で示《しめ》しながら、女のひとが言った。

やっぱり！

純喫茶《じゅんきっさ》っていうのは初めて聞いたけれど、喫茶店ならわかる。マスターさんも言ったけれど、つまり、いまふうに言えば、カフェってことだ。

「どうぞお入りください」

手で扉を開けたままマスターさんは、中へ入るよう目でうったえている。

「え！　あの、ちがうんです！　わたしは、お客さんじゃありません」

わたしは、あわてて首を横にふった。

手に持った防犯《ぼうはん》ブザーをぎゅっと強くにぎりしめる。

ただ、これを追いかけてきたら、たまたま、ここにたどりついただけで……。

それに、学校帰りにお店に寄《よ》り道したなんて知られたら、先生にしかられるし。

そう言おうとしたときだった。

マスターさんの目が、あやしげにきらりと光ったような気がした。

「あ、えっと……」

口をもごもごご動かしていると、マスターさんは、また言った。

「どうぞお入りください、お客さま」

その声にひっぱられるように、わたしは、ふらりとお店の中へ足をふみ入れていた。


古びた店内にあるのは、脚《あし》の低いテーブルに、赤いベルベットのソファ。

カウンターもある。

いいにおい……。

コーヒーの香《かお》りだ。

お父さんとお母さんは、おいしそうにコーヒーを飲む。

わたしは、苦くて飲めないけれど、この香《かお》りだけは好きだ。

むかし、日曜日の朝になると、お父さんとお母さんは朝ごはんのあとにコーヒーを飲みながらおしゃべりしていた。それを見ると、すごく安心したんだ。

あのころのふたりは笑っていたのに……。

いまでは、まぼろしのようになってしまったその光景を思い出し、胸《むね》がズキッとする。

「こちらへどうぞ」

案内され席に着くと、メニュー表を渡《わた》された。

……お金もないし、おなかもすいていないのに。

どうしよう。

マスターさんは水の入ったグラスをテーブルに置いて、言った。

「ここでは、お代はいただきません。でも、必ずなにかひとつ、めし上がっていただかないと、外の世界へ帰ることができないのです」

「ええっ！」

わたしは、耳をうたがった。

なにそれ！

そんな、おとぎ話みたいなことが現実《げんじつ》にあるの？

うちへ帰れないなんて。

いま、何時だろう。

わたしがいなかったら、だれがお父さんとお母さんのけんかを止めるの？

千里《ちさと》はあてにならないし……。

「五月の乱《らん》」みたいなけんかをしたら、今度こそ、取り返しのつかないことになるかも。

こんなことをしてる場合じゃない！

早く家に帰らないと！

「えーと、えーと」

わたしは、メニューの中にある「ドリンク」の一覧《いちらん》に視線《しせん》を落とした。

なにかを食べている時間はないけれど、飲み物なら……。

「この、ミルクセーキってなんですか」

わたしはマスターさんに質問《しつもん》した。

「卵《たまご》の黄身と、牛乳《ぎゅうにゅう》をまぜた飲み物ですよ。しっかり泡立《あわだ》てて、ふわふわで、甘《あま》い香《かお》りのバニラエッセンスをくわえて……」

説明を聞いたら、ちょっと飲んでみたくなってきた。

「それにします」

わたしが言うと、マスターさんは持っていた伝票にボールペンで「ミルクセーキ」と書き、「少々《しょうしょう》お待ちくださいね」とカウンターの後ろにあるキッチンへ消えていった。

しばらく経《た》つと、銀色の丸いおぼんにグラスを載《の》せて、マスターさんがもどってきた。

テーブルに置かれたグラス。

クリーム色の飲み物。

ふわふわに泡立てたてっぺんには赤いチェリーがちょこん。

「はい、お待たせしました。ミルクセーキです。ごゆっくりどうぞ」

ごゆっくり、なんかしている時間は、わたしにはない。

紙の包装《ほうそう》を急いで破《やぶ》って、グラスにストローをさす。

ひとくち飲んでみると、口いっぱいにやさしい甘さがひろがった。

おいしい！

できることならば、ゆっくりと時間をかけ、思うぞんぶんに味わいたい。

来たときにはあやしくてたまらなかったこのお店のことまで、好きになってしまいそうな味だった。

だけど、わたしには時間がないんだ。

もったいないなと思いながらも、わたしは、一気にミルクセーキを飲みほした。

これで帰れる！

そう思った瞬間《しゅんかん》。

「あれっ」

わたしは、いつもの通学路に立っていた。

「うそ！　どうなってるの？」

お店の看板《かんばん》も、地下へ続く階段《かいだん》も消えている。

そこには、ただアスファルトの地面があるだけ……。

街のスピーカーから、夕方六時を知らせるメロディが流れてきた。

あっ！　早く帰らないと！　いまなら、お父さんが帰ってくるまでにはじゅうぶん間に合う。

いつもの通学路を、わたしは急いでかけぬけた。

純喫茶《じゅんきっさ》クライ……。へんなお店だったなあ。

でも、おいしかったし、いいか。

夜ごはんのメニューはビーフシチューだった。

だけど、今日の地雷《じらい》は夜ごはんのおかずじゃなかったみたい。

席に着くなり、お父さんとお母さんはピリピリムード。

いまにもけんかが始まりそうだ。

なんとかしなくちゃ。

早くしなくちゃ。

わたしの中で、もうひとりのわたしがあせってる。

「ねえねえ、みんな聞いてよー。今日、学校でね、男子が言ったギャグがすっごくおもしろくて……」

話し始めて、わたしはすぐに後悔《こうかい》していた。

お父さんも、お母さんも、わたしがどんなに話してもむっつりだまったまま。

口を開けば、けんかが始まるから、それならだまっていようって感じなのかな。

千里《ちさと》が、あわれみをふくんだ目でわたしを見ていた。

それでも、わたしは、から元気をやめられない。

「あっ！　今日のゲスト、あの子、わたし大好き！」

テレビにうつるアイドルの女の子を見て、わたしはきゃっ、きゃっとはしゃいでみせた。

……助けて。

顔は笑っていたけれど、目には見えない心が、砂《すな》のお城がくずれていくみたいにぼろぼろになっていく。

こんなわたしをだれか助けて。

ピンポーン……。

来客を知らせるチャイムが鳴った。

「……こんな時間にだれかしら」

お母さんは、しぶしぶといった感じで立ち上がると、玄関《げんかん》へ向かった。

だれだろう。

夜ごはんの時間にだれかが訪《たず》ねてくるなんて、めずらしい。

玄関のほうで、どたばたとさわがしい音がした。

「こ、こまります！　突然《とつぜん》、そんなことを言われても……！」

青ざめたお母さんといっしょにリビングへやってきたのは紺色《こんいろ》の制服《せいふく》を着たおとなだった。

「警察《けいさつ》です。川嶋実利果《かわしまみりか》、あなたを逮捕《たいほ》します」

「ええっ！」

紺色の制服を着たおとなは、わたしの腕《うで》をぐいと引っぱる。

がちゃっと金属《きんぞく》の音がしたと思ったら、わたしは手錠《てじょう》をかけられていた。

「実利果！」

お父さんがわたしの名前をさけんだ。

「おねがいです！　実利果をつれていかないで」

お母さんが泣きそうになりながら警察官にうったえている。

「おねえちゃん！　うそでしょう。そんな……」

千里《ちさと》はくちびるをふるわせ、涙《なみだ》をこらえていた。

警察官はみんなを見回すと、こう言った。

「実利果さんは、これまでにたくさんの宝物《たからもの》を盗《ぬす》んできました。これから、署《しょ》でくわしい話を聞かせてもらいます」


取り調べ室は、どこもかしこもくすんだねずみ色で、同じくねずみ色の机《つくえ》とイスがあるほかはなにもなかった。

「さて……」

向かい側にすわっている警察官がかぶっていた帽子《ぼうし》をとった。

「ああっ！」

取り調べ室に、わたしのさけび声がひびいた。

「あ、あなたは……」

帽子をとった警察官は、おどろいているわたしを見て、にこっと笑った。

『純喫茶《じゅんきっさ》クライ』のマスターさん！

服装《ふくそう》は警察官《けいさつかん》だけど、そのひとは、学校帰りに寄《よ》り道した『純喫茶クライ』のマスターさんだった。

「助けてください！　わたし、なにも盗《ぬす》んでなんかいません！　悪いことなんて、なにひとつしていません！　それどころか……」

わたしは、ぐっと奥歯《おくば》をかみしめた。

悪いことなんて、なにひとつしていない、それどころか、わたしは……。

わたしは、いつだって、自分の心をおし殺《ころ》して、お父さんとお母さんのけんかを止めようとしてきたのに！

それって、いいことじゃないの？

なんで、わたしがこんな目にあわなきゃいけないいんだろう。

「実利果《みりか》さんの、いままでの罪《つみ》は、ここにちゃんと記録してあります」

マスターさんは、机《つくえ》の上にタブレットを置き、それを、ぱぱっと操作《そうさ》した。

画面にうつし出されているのは、家でのわたしを撮《と》った動画だった。

「なにこれ。隠《かく》し撮《ど》りされてたの？」

お父さんとお母さんのけんかが始まりそうになると、わざとおどけたり、はしゃいだりするわたし。

こうして見ると、なんだかおかしい。

千里《ちさと》が、わたしをあわれんでいたことも、よくわかる。

わたしのから元気は、お父さんにも、お母さんにも、ちっとも届《とど》いていないのだから。

動画のわたしは、空なんて飛べないのに、飛べることを信じて羽をバサバサ動かしているにわとりみたいだった。

「あっ！」

動画を見ていたわたしは、声をあげた。

よく見ると、お父さんと、お母さんの胸《むね》から、きらきら光るなにかがこぼれおちている。

それは、わたしがから元気をふりまくたびに、ふたりから出てきて、そして……。

今度は、わたしの胸にすうっと吸《す》いこまれていった。

思わず、自分の胸に手をあてる。

ここに、きらきら光るものが入っているの？　信じられない。

体は、どこも変わったところなんてない。いつもどおりなのに。

「実利果《みりか》さんの罪《つみ》は『ごきげんとり』です」

マスターさんが言った。

「ごきげんとり……？　そんな、だって、わたしが先回り行動をするから、ふたりのけんかはひどくならないのに。いやな場面を見なくてすむのに！」

心の奥《おく》のほうが、マグマのように熱くなっていくのを、わたしは感じていた。

だんだん声が大きくなっていく。

「わたし、お父さんとお母さんがけんかしてるのが、この世でいちばんきらいなの！　言い争う声を聞いていると、消えたくなるの！　だって、ふたりがおたがいを否定《ひてい》してるってことは、そのひとたちから生まれたわたしはどうなるの？　いなくていいってことじゃない！」

マスターさんは、表情《ひょうじょう》をぴくりとも変えず、じっとしたまま、わたしの話を聞いていた。

なによ、こんなもの！

わたしは、タブレットをつかむと、それをはげしく机《つくえ》にたたきつけた。

ガシャン！　と大きな音が部屋にひびく。

「わたしは、お父さんとお母さんに仲よくしてほしかっただけ！　それなのに、それが罪って、ひどすぎるよ！」

そのときだった。

わたしの体から、きらきら光る物体が飛び出してきた。

ころころと床《ゆか》に転がるそれは……。

宝石《ほうせき》？

宝石は、次から次へとわたしの中からあふれ出し、止まらない。

もしかして、これが、わたしが盗《ぬす》んだものだっていうの？

でも、どうして？　体から宝石が飛び出してくるのに、ちっとも痛《いた》くない。

それよりも、乱暴《らんぼう》な気持ちをタブレットにぶつけるのがやめられなかった。

「はあ、はあ……」

気がすんだころには、わたしは肩《かた》で息をしていた。

わたしのせいで、タブレットの画面にはひびが入っている。

それをなでながら、マスターさんが口を開いた。

「実利果《みりか》さん、ご両親がけんかをするのは、あなたのせいではありませんよ」

マスターさんにそう言われて、わたしはドキッとした。

……そう、わたしは、ずっと思っていたんだ。

お父さんとお母さんがけんかをするのは、もしかして、わたしのせい？　って。

そんな証拠《しょうこ》はどこにもないってわかっているのに、意味のわからない罪悪感《ざいあくかん》が自然とわき上がってきて、わたしはいてもたってもいられなくなる。そして、お父さんとお母さんの感情《かんじょう》をいっこくも早くけんかからそらしたくてしかたなかった。

それはきっと、わたしがふたりの子どもだから。

親がいなくては、生きていけないんじゃないかって。それが、とてもこわいから。

「そのひとが持つ感情は、そのひとだけのものなんです。だれかが、コントロールすることはできません」

わたしの心を読んだかのように、マスターさんはそう言った。

「でも……」

「感情は、宝物《たからもの》なんです。自分の感情は自分で引き受ける。それによって、次になにをしたらいいか教えてもくれますからね」

マスターさんは、その場にしゃがむと、床《ゆか》にちらばった宝石《ほうせき》をひとつ、拾い上げた。

それを見て、わたしは、もしかして……と思う。

「その宝石が……お父さんとお母さんの感情ってこと？」

わたしがたずねると、マスターさんは、こくんとしずかにうなずいた。

いままでわたしが盗《ぬす》んだ、お父さんとお母さんの「感情」という名の宝石……。

床にちらばったたくさんの宝石を見ていたら、だんだん体から力が抜《ぬ》けてきた。

「なんだか……どっとつかれた……」

いままでつめこんでいたお父さんとお母さんの感情の宝石が、体の中から出てきたせいだろうか。

自分の中が、からっぽ……。

ひび割《わ》れてしまったタブレットはまだ動いているようで、動画には続きがあった。

「だから、言ったじゃない。おねえちゃん！　お父さんとお母さんなんて、ほうっておけばよかったのよ」

画面の中の女のひとが、あきれたように「はーっ」とため息をついている。

ぱりっとしたスーツに身をつつんだ、おとなの女のひと……。

だれだろう？　知らないひとだ。

でも、このひとに「おねえちゃん」と言われると、なんだか妙《みょう》になつかしい気持ちになる。

画面の中にいる女のひとは、だれかに呼《よ》ばれたみたいだ。

「いけない、わたし、もう行かなくちゃ。今日は新プロジェクトの立ち上げなの。プログラマーって、いそがしいね。でも、とっても楽しいよ」

どきん、と心臓《しんぞう》がはねた。

画面にうつっているおとなの女のひとに、あの子が重なって見える。

――「わたし、将来《しょうらい》は有能《ゆうのう》なプログラマーになって、こんなうち、さっさと出ていくんだ。だから、いまから、たくさん勉強しなきゃ。夫婦《ふうふ》げんかなんて、知ーらない」

そう言って、プログラミングの本を読みだした千里《ちさと》。

そうだ、さっきまで画面にうつっていたのは、おとなになった千里の姿《すがた》だ。

「千里、夢《ゆめ》がかなったんだ。それじゃあ、わたしは？」

タブレットを指でスライドさせると、うちのリビングがうつし出された。

年をとって、まっ白な髪《かみ》になったお父さんとお母さん。

そのあいだを、おろおろしながら、行ったりきたりしているのは……。

「ほら、このおかし、とってもおいしいの！　お父さん、食べてみる？　え？　いらない。じゃあ、お母さんは？」

おとなになったわたし。

おとなになっても、まだふたりのごきげんとりをしている。

千里は、自分の夢をかなえて、あちこちへ動きまわっているのに。

わたしは、お父さんとお母さんがけんかをするか不安で家から離《はな》れられないんだ。

それに……。

「千里みたいに、やりたいことが、わたしにはない」

お父さんとお母さんのことばかりで、自分のことを考えていなかったからだ。

「わたし、いままでいったいなにしてたんだろう……」

どうしようもないやるせなさといっしょに涙《なみだ》がこみ上げてくる。

たくさんの宝石《ほうせき》がちらばる取り調べ室で、わたしは泣いた。

きらきら光る宝石、これ、ぜんぶお父さんとお母さんの感情《かんじょう》。

わたしのものじゃない。

「実利果《みりか》さん、ひとつだけ、あなたの感情《かんじょう》がありましたよ」

マスターさんが宝石《ほうせき》をひとつ拾い上げ、わたしに渡《わた》してきた。

白い宝石……と、思ったら、これ宝石じゃなくて、ドロップキャンディーだ。

「実利果さん、お父さまやお母さまのものでない、ご自分だけの感情を、しっかり味わってみませんか？」

マスターさんに言われて、わたしは白いドロップを口に入れた。

やさしい甘《あま》さ。

これ、純喫茶《じゅんきっさ》クライで飲んだミルクセーキの味がする。

「悲しい……」

わたしは、ぽつりとつぶやいた。

「わたし、悲しい」

マスターさんは、だまって、うん、うんとうなずいている。

「お父さんと、お母さんが、これからどうなるかはわからないけれど、ただ、ふたりのけんかは悲しいの」

涙《なみだ》が、次から次へとあふれ出し、止まらない。
「好きなだけ泣いていいんですよ」
マスターさんが言った。
いつのまにか、わたしは声をあげて泣いていた。
わーん、わん。
赤ちゃんにもどったみたいに。

頭がズキッと痛《いた》み、わたしは目を開けた。
泣きつかれて、いつのまにか寝《ね》てしまったみたいだ。
ここ、どこ……？
まわりを見渡《みわた》すと、そこは古いお店の中。
テーブルの上には、からになったグラス。
えっ、ここって、純喫茶クライ？
じゃあ、いままでのは夢《ゆめ》？

そう思ったとき、どこからか、ぽっぽと鳥の鳴き声が聞こえてきた。

ハッとして鳴き声のするほうを見ると、壁《かべ》にかけられた時計から小さな鳥の人形が出たり入ったりしている。

マスターさんが言った。

「鳩時計《はとどけい》です。いまはあまり見かけなくなりましたが、鳴き声の回数で時刻《じこく》がわかるんですよ」

ぽっぽ、と鳴いた回数は、六回……、夕方の六時だ。

「いけない！　早く帰らなきゃ！」

ランドセルをせおうと、わたしはお店を出て、階段《かいだん》を一気にかけ上がった。


その日の夜ごはんはまっ白なホワイトシチュー。

白い色に、なんだかどきりとしたのは、純喫茶《じゅんきっさ》クライでのふしぎな夢《ゆめ》のせいだ。

そして、いつものように、お父さんとお母さんは険悪《けんあく》なムードだった。

ここは、わたしの出番。

おどけて、ふたりを笑わせて、けんかを止めなきゃ。

「あのさ……」

口を開いて、わたしはハッとした。

純喫茶クライで見た夢。

――「そのひとが持つ感情《かんじょう》は、そのひとだけのものなんです。だれかが、コントロールすることはできません」

マスターさんの声が、心の中でよみがえる。

お父さんと、お母さんの感情は、お父さんと、お母さんのものなんだ。

わたしには、変えられない。

それに、ふたりがけんかをするのは、わたしのせいでもない。

だからだいじょうぶ。堂々《どうどう》としていよう。

ごきげんとりはやめ、わたしは、だまってごはんを食べた。

それを見た千里《ちさと》は、ちょっとびっくりしているみたいだった。

予想どおり、ごはんが終わるころには、お父さんとお母さんのけんかが始まった。

あと片《かた》づけがすんで、子ども部屋にもどっても、ふたりが言い争う声がこっちにまで聞こえてくる。

こわいな。

気になってしかたない。

「五月の乱《らん》」みたいになったら、どうしよう。

ふたりをなだめるために、いますぐ部屋から飛び出していきたいのを、わたしはぐっとこらえた。

わたしは、机《つくえ》の引き出しからタブレットを取り出し、動画サイトを立ち上げた。

久《ひさ》しぶりに聴《き》いてみよう、大好きだったストリートピアノ。

「ねえ、千里《ちさと》、イヤホン持ってる？」

千里から受け取ったイヤホンを、わたしは耳に押《お》しこんだ。

季節が、少しずつ変わっていくように、お父さんとお母さんも変わっていった。

はげしい言い争いは、だんだん、ちゃんとした話し合いになっていき、そして、春がやってきた。

今日から、わたしは六年生。

玄関《げんかん》でくつをはいていると、お父さんが声をかけてきた。

「お、実利果《みりか》。ちょうどお父さんもいま出るよ。そこまでいっしょに行こう」

「うん」

お父さんのあとにつづいて、千里もバタバタ走ってくる。

「やだ、もう！　新学期から寝坊《ねぼう》しちゃった。みんな、起こしてくれないなんて、ひどーい」

寝ぐせのままの千里が玄関でスニーカーをはいている。

「千里！　お弁当忘《べんとうわす》れてる！　今日は給食ないんでしょ」

お弁当の包みを持ったお母さんがキッチンから出てきた。

「みんな、忘れ物はだいじょうぶね。あ、あなたには、はい、これ」

お母さんがお父さんに渡《わた》したのは、サーモボトル。

「なんだい？」

お父さんがたずねると、お母さんは照れたような顔をして「コーヒー」と答えた。

「ありがとう。きみの淹《い》れてくれたコーヒーはお店のよりおいしいもんな」

笑いあうお父さんとお母さんを見て、わたしは千里と肩《かた》をすくめた。

「朝からラブラブすぎて引くんですけど」

「でも、けんかするより、ずっといい」

「うん、そうだね」

お父さんとお母さんの仲は修復《しゅうふく》された。

それどころか、いまは前よりも仲よくなったみたい。夫婦《ふうふ》って、ふしぎ。

「いってらっしゃい」

「いってきまーす」

お母さんに向かって、わたし、千里《ちさと》、お父さんがいっせいにこたえた。

ふたりのごきげんとりを、がまんするためにストリートピアノの動画をたくさん見ていたわたしは、なんと、ピアノを習い始めた。

見ているだけでじゅうぶんだと思っていたけれど、日が経《た》つにつれて、これを自分でひけたらすてきだろうなという気持ちがわいたのだ。

小学校高学年からピアノを始めるなんて、おそいですか？　と言ったら、先生は「そんなことありませんよ」と言って、にっこりほほえんだ。

わたしは、もうだれかのごきげんとりはしない。

自分の悲しみも、こわがらない。
自分だけのいろんな感情《かんじょう》を曲にのせて、いつかすてきなピアノが、ひけたらいいな。

悲しみもたいせつな感情。ちゃんと味わってあげることで、
新たな一歩をふみ出す力がわいてきます。
「ごきげんとり」には要注意《ようちゅうい》。
いつのまにか、自分を見失ってしまうかも……。

マスターさんより

# やさしさプリンアラモード

## がまんした悲しみ

わたしは、いつだって明るい。

きらきらかがやく、夏の太陽みたいに。

ポジティブのかたまりなんだから。

だけど、だれにも見せない心の底には、べったりとはりついたまま、決して取れない過去《かこ》がある。

いまから、六年前、わたしが幼稚園児《ようちえんじ》だったころ……。

「優香《ゆうか》、おはよう」

おじいちゃんは、とっても早起きで、朝、わたしが起きるころには、もうずっと前から起きて仕事をしていたんだよ、という顔をしている。

わたしの家は、三階建てで、一階は『シャンティ』というケーキ屋さんだ。

ケーキ屋さんでは、おじいちゃんとおばあちゃん、それに、わたしのパパとママが働いている。

おじいちゃんが始めたお店だ。

パパとママがお店を手伝うようになってから、お店の中に小さなカフェスペースも作った。

日曜日も、お店はいつもどおり。

家族の中でいちばんはたらき者のおじいちゃんは、朝早くからケーキの配達へ出かけた。

五歳《さい》だったちびのわたしは、お店のカフェスペースでオレンジジュースを飲んでいた。

まだお客さんがいないので、ママが「特別よ」と言って出してくれたのだ。

それなのに、わたしは、うっかりジュースをこぼしてしまった。

「わーん！」

お店に、わたしの泣き声がひびく。

お気に入りのワンピースに、ジュースのしみがついてしまった。

大好きな、お気に入りのふしぎの国のアリスみたいなワンピース。

「きれいになる？　ねえ、もとにもどる？」

わたしは、泣きながら、ママに聞いた。

「どうかしら。優香、エプロンだけでもママによこしなさい。すぐに洗濯《せんたく》してみるから」

お休みの日、せっかくアリスのかっこうができたのに。

エプロンをとったら、ただの水色のワンピースで、アリスじゃなくなっちゃう。

「やだあ、わあああん」

わたしが泣いていると、ママはこまったようにため息をついた。

「優香《ゆうか》、泣くのはやめなさい。いつまでも悲しんでいるとね、悪いことをつれてきてしまうのよ」

「そんなの知らない、わあああん」

ママがそんなことを言うから、よけいに悲しくなってきた。

わたしは、よごれたエプロンをにぎりしめ、いつまでも泣いていた。

すると、お店の電話が鳴った。

「はい、『シャンティ』です」

おばあちゃんが電話に出る。

「えっ！　ほ、本当ですか？　そんな……」

受話器を持ったまま、おばあちゃんはがっくりとその場にしゃがみこんだ。

「お母さん！」

あわててママがかけ寄《よ》る。

作業場でケーキを作っていたパパも、急いでやってきた。

おばあちゃんの顔は、まっ青だった。

「おじいちゃんが……」

おばあちゃんは、ふるえる声で言った。

「配達先で倒《たお》れて、いま、救急車《きゅうきゅうしゃ》を呼《よ》んだからって……」


おじいちゃんは、そのまま帰らぬひとになってしまった。

わたしのせいだ。

わたしが、あのとき、いつまでもめそめそ、泣いていたから。

ママが言うように、わたしの悲しみが、悪いことをつれてきたんだ。

もう二度と、こんな思いはしたくない。

わたしは、自分の心に、悲しみはいっさい入れないと決めた。

小学五年生になったいまも、その誓《ちか》いは変わっていない。

「優香ちゃんってさ、明るいのはいいんだけど、ちょっとうるさすぎ」

クラスメートたちが、陰《かげ》でわたしのことをそうウワサしていることも知っている。

だけど、そんな声に、わたしは悲しんだりしない。

たとえ、なにがあっても……。

だって、悲しみは、悪いことをつれてくるから……。


「おっはよー！」

わたしは毎朝、必ず、大きなあいさつをしてから教室に入る。

「来た、来た。今日も朝からうるさいなあ」

「そんな大きな声出さなくても聞こえるって」

男子たちがひやかす声が聞こえるけれど、わたしはまったく気にしない。

ランドセルから教科書やノートを取り出して机《つくえ》に入れていると、窓際《まどぎわ》のところで女子たちがかたまっているのが目についた。

あ……。

女子たちの輪のまん中で顔をおおって泣いている子がいる。

泣いているのは、あゆちゃんだ。

「つらいよね」

「泣かないで、あゆちゃん」

みんなが話す内容《ないよう》を聞いていると、どうやら、あゆちゃんが飼《か》っていたペットのハムスターが死んでしまったようだ。

ああ、そういえば、あゆちゃん、朝の会のスピーチでもハムスターの話をよくしていたもんな。

ハムスターかあ。

わたしも、前に飼ってみたくて本でいろいろ調べたことがある。

ママに「うちは食べ物をあつかうお店だから無理ね」って言われちゃったけど。

えっ、えっ、という泣き声は、自分の席にいるわたしの耳にまで届《とど》いてくる。

見ないようにしよう、そう思うのに、気になってしかたない。

泣いているのは、あゆちゃんなのに、わたしにあゆちゃんの悲しみがのり移《うつ》ったような気分になってくる。

いけない、このままじゃ、わたしの中に悲しみが生まれてしまう。

そうしたら、悪いことが起こる。
電話をとって青ざめたおばあちゃん。
二度と会えないおじいちゃん。
過去《かこ》のことが、頭の中でぐるぐる回る。
それだけは、いや！
そっと、あゆちゃんのほうを見ると、両手で顔をおおって肩《かた》をふるわせていた。
女子のなぐさめも、やさしい声も、いまのあゆちゃんにはなんの意味もないみたいだ。
あゆちゃんは、ちっとも泣きやまない。
……このままじゃ、悲しみが悪いことをつれてくる。
もう、だまって見ていられない！
席を立つと、わたしは、あゆちゃんのもとへかけ出していた。
「あゆちゃん」
女子の輪をかきわけ、あゆちゃんに声をかける。
「もう泣かないで」

わたしは、とってもいいことを思いついた。

ハムスターの本にのっていたあのことを話せば、あゆちゃんはすぐに泣きやむはず。

「ハムスターってさ」

あゆちゃんが、顔を上げ、わたしを見た。

わたしは、話を続ける。

「もともと寿命《じゅみょう》が短いんだから、しかたないよ。また新しい子を飼《か》えばいいじゃない！」

……さあっと、波が引いていくように、その場にいたみんなの気持ちがわたしから離《はな》れていくのがわかった。

気持ちは目に見えないのに、たしかにわたしはそれを感じた。

あゆちゃんは、口を丸く開けたまま、ぴたっと泣きやんだ。

キーンコーンカーンコーン。

朝の会の始まりをつげるチャイムが鳴り、先生が教室へやってきた。

みんな、それぞれ、自分の席へもどっていく。

その日から、教室で、わたしと口を聞いてくれる子はいなくなった。

「優香《ゆうか》ちゃんって、最低。すっごくデリカシーないの」

女子たちのうわさはあっという間にひろがり、わたしは、陰《かげ》で「冷徹女子《れいてつじょし》」と呼《よ》ばれるようになった。

教室では、みんながわたしをさけた。

「たいせつなペットをなくしたばかりなのに新しい子のことなんて考えられる？」

「ありえないよね。冷徹女子には当たり前かもしれないけど」

「心の中で、もっとひどいこと考えてそうだね、冷徹女子だから」

こんな悪口も聞こえてきた。

ひどいよ。わたしは、なにも、あゆちゃんを傷《きず》つけたかったわけじゃない。反対に、なぐさめようとしたのに。悲しみをとりのぞきたかっただけなのに。

この教室に、わたしの味方はだれもいないんだと思うと、涙《なみだ》が出そうになってくる。

でも……。

悲しくなんかない。

わたしは泣かない。

悲しんでいたら、もっと悪いことが起こるから。

「みんな、おっはよー！」

朝、わたしが教室へ入っていくと、みんなは、しーんとしずかになる。

そして、ひそひそ声が聞こえてくるのだ。

「見て、あれ。あの子、おかしいよ」


教室でひとりになって数日後。

「新規《しんき》のお客さんにケーキを届《とど》けてほしいんだよ」

わたしは、パパとママにおつかいをたのまれた。

パパもママも、都合がつかなくてこまっているらしい。

おばあちゃんは、ちょうど、仲よしの友だちと旅行へ行っている。

「えー、わたし、配達なんて無理。むこうも、子どもが配達に来たら、なんだろうって思うよ」

「だいじょうぶ。それは、ちゃんと電話で話しておくから。『純喫茶《じゅんきっさ》クライ』っていうお店の方でね、うちのケーキをメニューに加えたいって言ってくださってるんだ」

パパに続いて、ママが言う。

「とりあえず、何品か、試食していただこうと思って、ほら」

ママがケーキの入った白い箱をわたしに差し出した。

「えー、無理、無理」

わたしがあとずさっていると、ママは、にやっと笑った。

「おつかいに行くなら、これ、貸《か》してあげる」

ママがエプロンのポケットから出したのは、スマホ！

わたしの心臓《しんぞう》がドキン、と高鳴る。

「スマホのナビを使って行くといいわ」

ママが言った。

「ほ、ほんと？」

わたしは、まだ自分のスマホを持っていない。

パパとママに、貸してと言っても、ふたりはめったにスマホをさわらせてくれない。

ママのスマホを貸してもらえるなんて、ちょっとだけゲームもできるかな。

ナビを使うのも、なんかかっこいい。

「……しかたないなあ」

わたしは、しぶしぶ、という演技《えんぎ》をして、ママからケーキの箱とスマホを受け取った。


「喫茶店《きっさてん》なんて、ぜんぜんないじゃない！　どうしよう～」

ナビがあるのに、わたしは道に迷《まよ》ってしまった。

「もう！　どうなってるの、これ」

いらいらしながら、スマホをタップする。

このナビがおかしいのかな。

なぜなら、さっきまでちゃんと地図に出ていたはずの『純喫茶《じゅんきっさ》クライ』が、どうしてだか画面上から消えてしまったのだ。

かれこれ、わたしは、もう三十分くらい同じ場所を行ったり来たりしている。

ケーキの箱に保冷剤《ほれいざい》は入っているけれど、今日は、天気もいいし、そろそろ限界《げんかい》かも。

いったん、もどろう、そう思ったときだった。

「ああ、あったあ！」

コーヒーカップの絵柄《えがら》がついている『純喫茶《じゅんきっさ》クライ』の看板《かんばん》！

すぐそばに地下へ続く階段《かいだん》がある。

ここだ、ここだ！

よかった！

でも……、ここ、何度も通ったはずだよね？　さっきは、こんな看板なかったのに。

へんだなあ。

ま、いっか！

わたしはかけ足で階段を下りていった。

最後の段が終わると、奥《おく》へ向かってうす暗い通路がのびていた。

照明は、数メートルおきについている小さな豆電球だけ。

お店がある気配はまったくない。コウモリでも住んでいそうな感じ。これじゃ、まるで洞窟《どうくつ》だ。

……不気味。なんだか帰りたくなってきた。

でも、わたしにはうちのケーキを届《とど》けるという任務《にんむ》がある。

肩《かた》をちぢめながら、わたしは通路を歩きだした。

しずかな空間に、わたしの足音だけがひびいている。

この通路、どこまで続いているんだろう。

不安になってきたころ、視界《しかい》の先が少し明るくなっているのに気がついた。

「わーっ！　きれーい」

さっきまでのなにもない通路とはぜんぜんちがう！

ここから、壁《かべ》が一面ステンドグラスになっている。

空にかかる虹《にじ》とか、風船とか、なんだか夢《ゆめ》の世界って感じの絵柄！

色とりどりの光が差しこみ、あまりのきれいさにわたしは「はあ」とため息をもらしていた。

地下だから、電気を使って照らしているんだな、と思うと、その光は、まるで太陽が雲に隠《かく》れるときのように、自然と強くなったり、弱くなったりする。

ずいぶん凝《こ》った演出《えんしゅつ》をしているお店なんだな。テーマパークのアトラクションみたい。ああいうところは乗り物がある位置にたどりつくまで、こんな通路があったりするから。

ステンドグラスの通路をさらに進んでいくと、つきあたりに扉《とびら》があった。

ああ、あそこだ。

思ったとおり。木の枠《わく》でできた扉には、ガラスの部分に『純喫茶《じゅんきっさ》クライ』と書かれていた。

扉のそばにはガラスのショーケースがあって、その中にはにせもののクリームソーダやナポリタンが並《なら》んでいた。

レトロな感じ。いったい、何年やっているお店なんだろう。もしかしたら、創業《そうぎょう》四十年のうちのお店よりずっと古いのかも。

お店の扉を、そっと開けてみる。

「こんにちは。『シャンティ』です。ケーキをお届《とど》けにまいりました」

「はあい」

あらわれたのは、お店のおねえさん、あ、喫茶店だから、マスターさん、ていうのかな。古いお店だから、てっきり年をとったひとが出てくると思っていたのに、意外と若《わか》いんだ。

長い髪《かみ》を後ろでひとつにまとめ、黒いワンピースに、フリルのついた白いエプロン。

一瞬《いっしゅん》、小さなころ、大好きだったアリスの洋服を思い出して、わたしの胸《むね》がズキッと痛《いた》む。

「あら、ずいぶんかわいいケーキ屋さん」

え、かわいい？　わたしが？

マスターさんに言われて、ぽっと顔が熱くなった。

ケーキの入った箱を差し出すと、マスターさんはとても繊細《せんさい》なものを扱《あつか》うような手つきでそれを受け取った。

「あ、あの、パパに、じゃなかった父にたのまれて……」

「ええ。お電話でおうかがいしていました。小学生のお嬢《じょう》さんがいらっしゃるって」

ケーキの代金は前払《まえばら》いでいただいている、とパパが言っていた。

「それじゃあ、わたしはこれで……」

帰ろうとすると、マスターさんに引きとめられた。

「ちょうどプリンがかたまったところなんです。よかったら、めし上がっていきませんか。配達のお礼もしたいし」

「え、でも……」

そう言いながら、わたしは、一歩、二歩、とお店の中へ進んでいた。

最近、学校でもずっとひとりだから、こうして誘《さそ》ってもらえることが、なんだかうれしかった。

うす暗いお店の中には、お客さんはだれもいない。

わたしは、カウンター席にすわった。

マスターさんが立っている後ろの棚《たな》には、ひとつひとつデザインのちがうカップがずらりと並《なら》んでいる。

わたしは、まだコーヒーは苦くて飲めないけれど、お店にただよっている香《こう》ばしいにおいをかいでいると、気持ちがゆったりしてくるのがわかった。

だから、おとなはよくコーヒーを飲むのかな。

「ケーキ屋さんのお嬢《じょう》さんには、少し物足りないかもしれないけれど」

マスターさんはそう言って、銀の食器に盛《も》りつけられたプリンを出してくれた。

切ったフルーツとクリームがそえてあるプリンアラモードだ。

「いただきます」

紙ナプキンにくるまれたスプーンを取り出して、ひとくち、ぱくっ。

「ん、おいしい」

かためのプリンなんだ。卵《たまご》の味が強くて、うちのプリンとはちがったおいしさがある。

「小さなケーキ屋さん、お名前は？」

マスターさんが聞いてきた。

「優香《ゆうか》」

「そう、優香さんていうの。すてきな名前……」

カウンター越《ご》しにこうやって会話をするなんて、おとなになったみたいですてき。

「優香さんのお名前はだれがつけてくれたのでしょうね」

「それは……」

マスターさんの言葉に、一瞬《いっしゅん》、胸《むね》がしくりと痛《いた》んだ。

「し、知りません。だって、そのとき、わたし、まだ赤ちゃんだし」

そう言うと、マスターさんは「そうですね」と、くすっと笑った。

……いやだな。子どもっぽい反応《はんのう》しちゃった。せっかくカウンターでおとな気分を味わっていたのに。

あれ？　これ、なんだろう。

ふと、テーブルを見ると、ベルのマークがついた卓上《たくじょう》ボタンが置いてあった。

わたしがそれを見ているのに気づいたマスターさんが、口を開いた。

「ファミレスのようなところには、よくあるでしょう。お店の方を呼《よ》ぶボタン。うちは、このとおり、小さなお店だから必要ありませんって言ったのに、セールスの方がためしにどうぞって置いていっちゃったの」

たしかに、このお店にこういうボタンは似合《にあ》わない。

すると、お店の外からドタバタとにぎやかな足音が聞こえてきた。

足音はここに向かって近づいてきている。

なんだろう？

お店のドアが開き、たくさんの子どもたちがどっと中へ入ってきた。

「マスターさん、おなかすいたあ」

「早く食べたーい」

子どもたちは、勝手にお店の席にすわっている。

しずかだったお店は子どもだらけ。あっという間に満席だ。

なにこれ。どうなってるの？

とまどっているわたしに、マスターさんが言った。

「ここ、週に一度は子ども食堂《しょくどう》になるんです。今日がその日なの。さわがしくて、ごめんなさいね。でも、気にしないで、好きなだけゆっくりしていってくださいね」

「はあ……」

いつのまに調理していたんだろう。お店の中には、おいしそうなにおいが充満《じゅうまん》している。

「今日のメニューは、オムライスとオレンジジュースですよ」

「わあい」

みんな、すごい食べっぷり。よほどおなかがすいていたんだなあ。

がちゃがちゃと食器を動かす音。

子どもたちのおしゃべり。

……うるさいなあ。

さっきまで心を満たしていたゆったりとした気持ちは、子どもたちのそうぞうしさによってあっという間に消えてしまった。

突然《とつぜん》、背中《せなか》をどんっと押《お》されて、わたしはすわったまま「おっと」と前につんのめった。

「あーっ！」

うそでしょ……。

体をねじって後ろを見ると、腰《こし》のところに赤いケチャップがべっとり！

「ごめんなさい……」

わたしにぶつかってきた女の子の手には、ケチャップのついたスプーンがにぎられていた。

これだ……。

「い、いいよ。気にしないで……」

わたしが言うと、女の子はホッとした顔になり、席にもどっていった。

これ、洗濯《せんたく》したら落ちるかなあ……。

最初はムカッとしたけれど、考えていると、それはだんだん悲しい気持ちに変わってきた。

……おばあちゃんとふたりでお出かけしたときに買ってもらったブラウスなのに。

何着もあぁでもない、こうでもないと試着をくりかえして、

「うん、これがいちばん、優香《ゆうか》ちゃんにぴったり！」

おばあちゃん、そう言ってよろこんで、これを買ってくれた。

おじいちゃんを早くに亡《な》くしたわたしは、そのぶん、おばあちゃんとの思い出をたいせつにしたいってふだんから思っている。

買ってもらったものだって、おとなになってもとっておきたい。

それなのに、こんなによごれちゃったら……。

ブラウスについたケチャップのしみが、どんどん濃《こ》くなっていくような気がする。

わたしは、泣きそうになっていた。

あわてて、涙《なみだ》をこらえる。

悲しんでちゃ、だめ。

悲しみは、悪いことをつれてくるから。

そのときだった。

バシャッ！

そばを通りかかった子が、今度はわたしのブラウスにジュースをこぼした。

白いブラウスについたオレンジジュースのしみを見た瞬間《しゅんかん》、それは、幼稚園児《ようちえんじ》のころ、エプロンにつけたジュースのしみの記憶《きおく》と重なった。

カッと燃《も》えるように体が熱くなる。

なんなの？　さっきからがまんしてるのも、もう限界《げんかい》！

「もう！」

わたしは、怒《いか》りをぶつけるように、こぶしでテーブルをたたいた。

その拍子《ひょうし》に、置いてあった卓上《たくじょう》ボタンを押《お》してしまったようだ。

あ、と思ったときには、もうおそかった。

ドン！

ものすごい音がしたと思ったら、目の前がまっ白になった。

ごおおおっという熱い風がわたしにおそいかかってくる。

煙《けむり》がひいていくと、だんだん目の前の光景があきらかになっていった。

「！」

わたしは、口を手でおおった。

そんな……！

まわりには、なにもない。

そこにあるのは、すべて、まっ黒こげに燃えたあとだった。

すてきなステンドグラスも、コーヒーカップも、テーブルも、イスも、そして、あんなににぎやかだった子どもたちも……。

あとかたもなく、消えてしまった。

ふしぎと、わたしだけが無傷《むきず》だ。

どういうことなの？

ドキン、ドキン。

心臓《しんぞう》の鼓動《こどう》が、どんどんはやくなっていく。

ヒュオオオ……。

耳の横を冷たい風が通りすぎていく。

焼けこげた残《ざん》がいたちは風がふくたびにくずれてゆき、やがて、わたしのいるこの場所はなにもない砂漠《さばく》になってしまった。

「あら、たいへん」

背後《はいご》から現《あらわ》れたのは『純喫茶《じゅんきっさ》クライ』のマスターさんだった。

マスターさんは、この事態《じたい》にぜんぜん動じていないようだ。

ちっとも表情《ひょうじょう》を変えず、わたしに向かって、こう言った。

「優香《ゆうか》さん、わたし、カウンターに置いた卓上《たくじょう》ボタンをまちがえていました」

そう言って、マスターさんは、さっきの卓上ボタンにそっくりなものをエプロンのポケットから取り出した。ボタンを押《お》すと、ピンポーン、という音がひびきわたる。

「お店のひとを呼《よ》ぶボタンは、こっちでした。カウンターの上にあった、あれは『悲しみ変換器《へんかんき》』だったんです。このとおり、よく似《に》ているから、まちがえてしまいました」

「『悲しみ変換器』？」

「そうです。あ、ちょうど『悲しみ変換器』の取り扱《あつか》い説明ビデオがあるから、いっしょに見ませんか？　こうなってしまっては、もう手遅《ておく》れですけれど、お店も、食料も、ぜんぶ燃《も》え尽《つ》きてしまったいま、わたしの手元にはこれしかありませんから。ひまつぶしにはなりますよ」

いつのまにか、目の前に、箱のような分厚《ぶあつ》いテレビがあった。

わたしが生まれる前にあったという、ブラウン管のテレビだ。

「これは便利でしたね。ビデオの機械もいっしょにくっついているんですよ」

マスターさんは、どこからか手品のように取り出したビデオを、テレビの中に入れた。

ビデオというのも、わたしが生まれるずっと前に世の中のひとが使っていたものだ。いまでいうＤＶＤみたいなもの。

「この『悲しみ変換器』があれば、あなたの悲しみをたちまちエンターテインメントに変えてしまいます」

説明の動画が始まった。

テレビの中では、ピエロのかっこうをしたひとが『悲しみ変換器』の説明をしている。

空がまっ暗で、時間帯は夜のようだ。

ピエロは、メイクで笑っている顔をしているけれど、目の下には涙《なみだ》のフェイスペイントをしている。

笑ってるの？

泣いてるの？

どっちなんだろう。

ピエロが言った。

「悲しいとき、このボタンを押《お》す。すると、きれいな花火が空にポンと上がります」

どん、というおなかにひびく音がして、ピエロが見上げている夜空に花火が打ち上がった。

「きれいですね。でも、悲しみをあまりためこみすぎてはいけませんよ。そのぶん、爆発力《ばくはつりょく》が増《ま》して、花火ではなく、爆弾《ばくだん》になってしまいますから」

どかーん。

今度は、花火とはくらべものにならない大きな音。

おそろしさに、足がふるえてきた。

じゃあ、さっきの爆発は、わたしのせいで……！

「ああ、なるほど」

マスターさんの声で、わたしはハッとテレビから視線《しせん》をはずした。

「優香《ゆうか》さん、お店や電車の中で、突然《とつぜん》、理不尽《りふじん》に怒《おこ》りだすひとを見たことはありませんか？　あれって、本当は、怒《いか》りの下に『悲しみ』や『さびしさ』があると聞いたことがあるんです」

「あ……」

そう、なのかもしれない。

わたしも、そういうひとを見かけたことがあるけれど、どなりちらしたあとには、なんともいえないやるせなさがその場にただよっていた。

あれは、怒りの下に、悲しみがあるからなのかな。

マスターさんは話を続ける。

「『悲しみ』って、いやな気持ちだと避《さ》けて通らずに、ちゃんと受け止めて、ひたらないと、怒りという気持ちに姿《すがた》を変えて外へ出てくるのかもしれませんね」

マスターさんは、わたしをじっとみつめてきた。

「それにしても、こんなに破壊力《はかいりょく》があるなんて……。優香さんは、どれほどの『悲しみ』をためこんでいたのでしょうね……」

「わたし、悲しくなんて……」

うつむくと、さっき、小さな子につけられたオレンジジュースのしみが目についた。

腰《こし》には、ケチャップのしみも……。

さっきまで、ここは子どもたちの楽しそうな声でいっぱいだった。

わたしが、消してしまった。

すべてを破壊《はかい》してしまったから……。

白いブラウスのしみが、だんだん、あのときのエプロンのしみに見えてくる。

お気に入りの、アリスのエプロンをよごして、いつまでも泣いていた幼稚園《ようちえん》のころのわたし。

だけど、わたしが、いつまでも悲しんでいたから、悪いことを呼《よ》んで、おじいちゃんは死んでしまった。

「優香《ゆうか》、ケーキの味見係になってくれるかい？」

いつもやさしかったおじいちゃん。

ママにしかられていると、すぐにわたしをかばってくれたおじいちゃん。

「まあまあ、喜美子《きみこ》、ここは、じいちゃんにめんじて、優香をゆるしてやってくれないかね」

そのたびに、ママは「お父さんは、本当に優香に甘《あま》いんだから！」とふくれていた。

うちのパパは婿養子《むこようし》で、おじいちゃんはママのお父さんなのだ。

「おじいちゃんに、会いたい……」

わたしの目から、ぽろぽろ、涙《なみだ》があふれ出す。

「おじいちゃん、おじいちゃん」

涙が止まらない。

考えてみれば、こうして、おじいちゃんを思って泣くのは、初めてだった。

なぜなら、お葬式《そうしき》の日、わたしは、おじいちゃんが亡《な》くなったのは、自分のせいだという気持ちでいっぱいで、涙なんて出なかった。

悲しいかどうかもわからない。

ただ、わたしのせいだ、ごめんなさい、という気持ちでいっぱいだった。

それに、おじいちゃんの死を悲しんで泣いていたら、その悲しみが、またべつの悪いことをつれてくるかもしれない。

今度は、おばあちゃんがいなくなったら、どうしよう。

パパやママは？

そうなったら、いやだ。

だから、わたしは悲しい気持ちを封印《ふういん》することにした。ちょっとやそっとのことじゃ外に出ないよう、わたしの中にある深いところにしずめてしまった。

お葬式《そうしき》のあいだ、ぼんやりしているわたしを見て、親せきのおじさんやおばさんがヒソヒソ声で言った。

「孫の優香《ゆうか》ちゃん、涙《なみだ》の一滴《いってき》も流さなかったって」

「冷たい子だね」

まだ小さかったけれど、わたしはちゃんと聞いていた。

……ちがうもん。

わたし、ちゃんと悲しいもん。

でも、悲しんでいると、悪いことをつれてくるから。

悲しみからは、なるべく早く立ち直らないといけないんだ。

そう思っていたのに、いまのわたし、どうしちゃったんだろう。

泣くのをやめようと思っているのに、涙が止まる気配はまったくない。

「優香は、やさしい子だなあ」

なつかしい声がした。

「おじいちゃん……！」

マスターさんがいたはずのわたしのとなりに、おじいちゃんがいる。

「優香のことだ。自分のせいで、今度はじいちゃんだけじゃなく、家族みんなに悪いことが起こったらたいへんだと思ったんだろう？」

おじいちゃんの言葉に、わたしははげしくうなずいた。

「やっぱり、そうかい。優香っていう名前は、じいちゃんがつけたんだよ。そのとおりに育ってくれたんだね」

「おじいちゃん！」

わたしは、おじいちゃんに抱《だ》きついて、その胸《むね》の中で、わんわん声をあげて泣いた。

「知ってるよ！　わたしの名前、おじいちゃんがつけてくれたって、おばあちゃんたちから聞いて知ってる！」

さっき、マスターさんに、わたしの名前はだれがつけたかと聞かれて、知らないなんて言ってしまったけれど、本当は、わたし知っていた。

優香。

わたしが生まれた日。おじいちゃんが小さなわたしを見て、

「この子は、きっとやさしい子になるよ」って、言ったんだって。

まだ赤ちゃんで、どんな子になるかなんてわからないのに。

それなのに、おじいちゃんは、わたしのことを「やさしい子」だって信じてくれていたんだ。

「よしよし。これからは、そのやさしさ、自分のためにも使うんだよ。優香《ゆうか》。悲しいときは、がまんしないで、好きなだけ悲しんでいいんだよ」

「だって、だって、そうしたら、悪いことが……」

「そんなことあるもんか。優香は、感じた気持ちに素直《すなお》になっていいんだよ。それが、自分にやさしくするってことだと、じいちゃんは思うよ。自分にやさしくすると、それが自然とこぼれて、ほかのひともうれしくなる。だって、いま、優香はじいちゃんのために泣いてくれてるだろ？　じいちゃん、優香のやさしい気持ちがすごくうれしいんだよ」

顔を上げると、おじいちゃんはいたずらっ子みたいに笑ってみせた。

「悪いことをつれてくる、なんて優香に吹《ふ》きこんだママには、おじいちゃんがよーく

話しておくからね。まったく、こまった娘《むすめ》だ」

くすっ。

おじいちゃんにつられて、わたしも笑ってしまった。

「おじいちゃん、わたし、世界を破壊《はかい》しちゃったから、もうママには会えないよ」

おじいちゃんは、首を横にふった。

「優香は、ここに来るには、まだ早すぎるよ。ほら、あそこに扉《とびら》があるだろう」

そう言いながら、おじいちゃんが指さした先には、砂漠《さばく》に立つ青い扉があった。

「あれを通って、帰りなさい」

「おじいちゃん、また会える？」

「会えるさ。じいちゃん、ずっと優香を待ってるよ。でも、今度会うのは、何十年先か、とにかく、かなり時間がかかるね。それでも、ぜったいに待ってるから、安心して帰りなさい」

「……うん」

「優香、もう悲しみはこわくないかい？」

「うん。おじいちゃん、ありがとう」

わたしは、扉《とびら》へ向かって歩きだした。
何度も後ろをふり返ったけれど、おじいちゃんはわたしが扉を抜《ぬ》け、それを閉《し》める
まで、ずっと手をふってくれていた。
ぱたん。
扉を閉め、目の前を見ると、そこは住宅街《じゅうたくがい》の道路だった。
手には『純喫茶《じゅんきっさ》クライ』のマスターさんに渡《わた》したはずのケーキの箱まである。
「あれ？　わたし、どうしたんだろう」
道に迷《まよ》ったのかな。
しかたない、やっぱり、いったんうちにもどろう。
わたしはうちにもどり、もう一度パパとママの説明を聞いてみることにした。
「なにやってるの。優香《ゆうか》ったら、お店の名前をまちがえてるわ。『純喫茶クライ』
じゃなくて『純喫茶けやき』よ」
「えーっ！　うそ！」
パパとママ、たしかに『純喫茶クライ』って言ってたのに……。
だけど、あのできごと、いったいなんだったんだろう。

夢《ゆめ》？

でも、夢でもいいや。

だって、おじいちゃんと話した記憶《きおく》が、わたしの中にはちゃんと残っている。

「優香、やっぱりママが行こうか」

そう言うママをふりきって、わたしはふたたびおつかいへ出かけた。

「だいじょうぶ。いってきまーす」

『純喫茶けやき』をめざしながら、わたしは考えていた。

明日、学校へ行ったら、あゆちゃんにハムスターのことをあやまろう。

「悲しい」「さびしい」ネガティブな気持ちになってはいけない？
そんなことはありません。「悲しみ」も、よくみつめて、
たいせつに抱《だ》きしめてあげて。
あなたにみつけてもらった「悲しみ」は、「やさしさ」になって、
いつかまた返ってくるから。

マスターさんより

# ホットケーキ
# はんぶんこ

ひみつの

初《はつ》恋《こい》

小学校生活最後の夏休み。ぼくは、ひとりで高速バスに乗って、祐介《ゆうすけ》のいる都会へやってきた。

祐介とは、保育園《ほいくえん》から、去年、小五の一学期までずっと同じクラス。

しかも、同じマンションで、ぼくたちは赤ちゃんのころからの幼《おさな》なじみだ。

去年の夏休み、祐介のお父さんが転勤《てんきん》になり、家族でそれについていくことになったと聞いたときは、本当に悲しかった。

ぼくの人生で、これから、祐介以上に気の合う友だちになんて出会えない。

離《はな》れたいまでも、そう思う。

――「女子なんて、めんどうくさいよな。おれらは一生、男子同士《どうし》で仲よくしようぜっ」

祐介の口ぐせを思い出して、ぼくは笑いそうになってしまう。

一年ぶりの再会《さいかい》。

祐介、元気かな。

「おーい、篤史《あつし》！　こっち、こっち！」

バスから降《お》りると、祐介がこっちを見て手をふっていた。

「祐介！　うわ、身長伸《の》びたな」

一年ぶりに会った祐介は、ぼくよりも、ぐんと身長が伸びていた。

服装《ふくそう》もおとなっぽくなっていて、一瞬《いっしゅん》、別人かと思ったほどだ。

去年は、ほぼ同じ身長だったのに。

「なんだか、こっちに来てから急に伸びたんだ。だから、成長痛《せいちょうつう》でひざが痛《いた》くてさ、夜、ねむれなくて。こんなにつらいなら、身長なんて伸びなくてもいいのにな」

「あ、あはは。そうなんだ……」

いっしょになって笑ったけれど、ぼくは、自分の胸《むね》がずきっと、かすかにうずくのを感じていた。

……どんなにひざが痛くても、やっぱり身長は伸びたほうがいいよ。成長痛も、ぼくには自慢《じまん》にしか聞こえない。

六年生になってから、まわりの子たちの身長がどんどん伸び始めた。いままで身長の順で整列すると、まん中くらいだったのに、みんなにあっという間に追い抜《ぬ》かされて、とうとうぼくはクラスでいちばん小さい男子になってしまった。

「篤史《あつし》の荷物は、きのうの夜、うちに届《とど》いてるよ」

祐介《ゆうすけ》が言って、ぼくは、ふっと現実《げんじつ》に引きもどされた。

「あ、うん。ありがとう」

今日から、ぼくは、祐介の家に二泊《はく》三日、お世話になる。

着替《きが》えなど、かさばる荷物は、すでに宅配便《たくはいびん》で祐介の家に送ってあった。

いま、持っているリュックサックには、財布《さいふ》や水筒《すいとう》など、出かけるときに最低限《さいていげん》、必要なものしか入っていない。

今日は、このまま、祐介といっしょに博物館へ行くんだ。

ぼくたちは、小さなころから、動物や恐竜《きょうりゅう》が大好きだった。

ふたりで、ぼろぼろになるまで見た図鑑《ずかん》は、まだたいせつにとってある。

あー、楽しみだな、そう思ったとき、祐介が言った。

「あのさ、篤史、今日、いっしょに行く子がいるんだけど、いいかな」

「え？　祐介の学校の子？」

「うん、まあ……」

なんだろう。祐介は急にもじもじ、恥《は》ずかしそうな顔になった。

「おーい、山崎《やまざき》」

祐介が声をかけると、こっちに向かって走ってきたのは……。

「は、はじめましてっ。山崎まりあですっ」

じょ、女子?

水色のTシャツに、チェックのショートパンツ姿《すがた》の山崎さんは、ショートカットでめがねをかけていた。

ボーイッシュなかっこうだけど、ぼくらとちがうその体型《たいけい》は、まぎれもなく女子だ。

「ゆ、祐介、この子……」

まさか……。

うそだ、と思っていると、祐介が「うん」と言った。

「おれたち、つき合ってるんだ」

ぽかん、としていると、祐介は、ぼくの肩《かた》をバシバシたたいてきた。

「なんだよっ、その反応《はんのう》。えーっとか、うーっとか言ってくれないと、恥ずかしいじゃん」

「あ、うん……」

なんだか、さっきの身長のことといい、祐介《ゆうすけ》がずっと遠くに行ってしまった気分。

どう反応《はんのう》していいか、ぼくにはわからなかった。

「あ、あの」

山崎《やまざき》さんが、こっちをちらちら見ている。

ぼく？　というふうに、自分を指さすと、山崎さんは、こくっとうなずいた。

「手紙、読んでくれましたか？」

「え？」

ぼくが聞き返すと、山崎さんは、あわてて、顔の前で手をふる。

「いえっ、そのっ、いいんです、べつに……」

なんだか、おどおどして、落ち着きのない子だな、と思った。

それにしても、彼女《かのじょ》だなんて……。

──「女子なんて、めんどうくさいよな。おれらは一生、男子同士《どうし》で仲よくしようぜっ」

祐介は、そう言ってたのに……。

ずっと見たかったシロナガスクジラの骨格標本《こっかくひょうほん》を見ても、ぼくはちっとも感動しなかった。

あーあ。

ちらっと、後ろを向くと、祐介と山崎さんが顔を寄《よ》せあって博物館のパンフレットに見入っている。

どこから見ても、ああ、ふたりは友だち同士じゃなくて、彼氏《かれし》と彼女っていう関係なんだってわかる。

学級会の話し合いで、ちょっとしたことから男子と女子が対立して、放課後まで討《とう》論《ろん》バトルになったことがなつかしい。

二年前、四年生のころだ。

あのとき「女子なんて、ぜったいにゆるさないからな」って、クラスでいちばんヒートアップしていたのは祐介だったのに。

あれからたったの二年しか経《た》っていないのに、いまでは女子にでれでれするようになったなんて信じられないよ。

笑いあうふたりをちらっと見る。

気にしないようにしようと思うのに、目が離《はな》せない。

なんだよ、ぼくを仲間外《なかまはず》れにしてさ……。

こっちは、せっかく五時間もかけてバスに乗ってきたっていうのに。

そこまで考えて、自分の心のせまさに、ぼくはいやになった。

……ふつうなら、親友に彼女《かのじょ》や彼氏《かれし》ができたら「よかったな」ってよろこぶべきじゃないのかな。

それまでパンフレットを見ていた祐介《ゆうすけ》が、ふっと顔を上げた。

とっさに祐介から視線《しせん》をそらす。

一瞬《いっしゅん》、ぼくが考えていることがバレたんじゃないかと、ドキッとした。

でも、その心配はいらなかったみたいだ。

「プラネタリウム、あと十分で始まる。行こう」

祐介は、明るい声でそう言った。

博物館には、プラネタリウムも併設《へいせつ》されている。

行ってみると、すでに長い行列ができていた。

「ひゃー、もうこんなに並《なら》んでる。入れるかなあ」

とりあえず、ぼくたちは列に並んでみることにした。

入り口では、中へひとが入るごとに係のひとが手に持った道具をカチカチ鳴らしている。どれだけひとが入ったか、あれで数えているんだ。

どうやら、ぼくたちも中へ入れそう、そう思ったときだった。

「あっ」

係のひとが、声をあげる。

「三人並べる座席《ざせき》は空《あ》いていないから、ふたりとひとりに分かれてくれるかな」

しーん。

ぼくたちのあいだに沈黙《ちんもく》が訪《おとず》れる。

二対一に分かれろって言われても……。

「あっ、わ、わたし……」

山崎《やまざき》さんが、さっと身を引こうとしたのを見て、ぼくは、こう言っていた。

「いいよ。ぼくがひとりですわるから。ふたりは並んで見なよ」

「え、でも……」

山崎さんはすまなそうにしていたけれど、祐介はなにも気にしていないみたいだった。

それどころか、

「な、篤史《あつし》って、すごくいいやつなんだよ」

なんて言って。

そんなこと言われたら、ぼくは、ますますふたりに気を使うはめになるじゃないか。

ふたりのことが気になって、満点の星も、ぼくの心にはちっとも届《とど》いてこなかった。

「ごめん、おれ、ちょっとトイレ」

博物館を出る前に、祐介《ゆうすけ》はそう言って走っていった。

出口のところで、ぼくは山崎《やまざき》さんとふたりきり。

博物館を出たら、お昼ごはんを食べに行く予定だ。

……なんだか、つかれたなあ。

あんなに楽しみにしていたのに、家に帰りたくなってきた。

どうせ、どこへ行ってもふたりは仲よしで、ぼくが仲間外《なかまはず》れになるんだし。

「はあ」

ぼくは、山崎さんにも聞こえるよう、わざと大きなため息をついていた。

自分でも、やめたほうがいいとわかっているのに、心の中にたまった黒いものが暴《ぼう》走《そう》してしまう。

「ちょっとは空気読んでよね。ぼくたち、一年ぶりの再会《さいかい》なんだから」

そう言うと、山崎さんの顔がさっと青ざめた。

やってしまった、というよりも、いまのぼくは、ざまあみろ、という気持ちのほうが勝《まさ》っていた。

「ごめん、ごめん。トイレ、めっちゃ混《こ》んでたー」

祐介がもどってくると、山崎さんは言った。

「祐介くん、わたし、急に用事を思い出したの。もう、帰らないと……」

「えっ、まりあ、今日はずっとひまって言ってたじゃん」

なにがなんだかわからないという様子の祐介に向かって、山崎さんは、首を横にふる。

「とにかく、もう行くね」

去り際《ぎわ》に、山崎さんは、ぼくにだけ聞こえるような小さい声で言った。

「篤史《あつし》くん、ごめんなさい……」

その目に涙《なみだ》が光っていたのを、ぼくは見なかったことにした。


二日目は、テーマパーク。

三日目は、ゲームショー。

ぼくと祐介《ゆうすけ》は都会の夏休みを満喫《まんきつ》した。

今日は地元へもどる日。ぼくは、ふたたび来たときと同じ高速バス乗り場へやってきた。

「まりあも来るって言ってたのに、あいつ、風邪《かぜ》ひいたんだって」

見送りに来てくれた祐介が言った。

……仮病《けびょう》かも。

そう思ったけれど、博物館で山崎《やまざき》さんに言ったことはぜったいに祐介には、ひみつだ。

ばれたら絶交《ぜっこう》されるだろうな。

「じゃあな。篤史、また冬休みにも遊びに来いよーっ！」

「うん」

笑顔で手をふりながら、ぼくは、なんだよ、と思った。

「今度は、おれがそっちに行くよ」とは、言ってくれないんだ。

そうだよね。

どうせ、こっちは田舎《いなか》で、真新しいものなんかなにもない。

山崎さんだって、いないもんね。


地元の駅には、お母さんが車で迎《むか》えに来てくれるはずだった。

「あーあ、ついてない」

ぼくは、お母さんからのメッセージを読むと、リュックにスマホをしまった。

べつのパートさんがお休みになったとかで、お母さんは夜まで仕事を延長《えんちょう》することになったらしい。

――「駅からは自分で帰ってきて。高速バスにもひとりで乗れたんだから、もうだいじょうぶでしょう」

メッセージには、そう書いてあった。

家の近くまで走る路線バスの料金は、四百二十円。

ぼくは小学生料金だから、半額《はんがく》だけど、二百十円あれば駄菓子屋《だがしや》さんで、ちょっとだけなにか買える。

よし、歩こう。

大きな荷物や家族へのおみやげは、最初にそうしたように家に宅配便《たくはいびん》で送ってある。

駅から家までは四キロくらいだ。

こんな距離《きょり》、なんでもない。

そう思ったのに……。

歩く時間が二十分をこえると、ぼくはつかれてきた。

三日間、慣《な》れない都会で人混《ひとご》みにまぎれてつかれていたせいか、もう一歩も歩きたくない。

のどもかわいた。

コンビニか自動販売機《じどうはんばいき》で飲み物を買おうかと思って、まわりを見渡《みわた》す。

なにもない。

そう思ったときだった。

少し先に、コーヒーカップの絵がついている看板《かんばん》をみつけた。

あそこまでがんばって歩いてみよう。もしかしたら、自動販売機もあるかもしれないし。

『純喫茶《じゅんきっさ》クライ』

看板には、そうあった。

そばには、地下へ続く階段《かいだん》がのびている。

祐介《ゆうすけ》のところへ遊びに行くと言ったから、おじいちゃんたちからもおこづかいをたくさんもらった。財布《さいふ》には、そのお金がまだ残っているけれど……。

子どもがひとりで入っていいお店じゃないよね。

地下にあるなんて、いかにもあやしい。

そんなことを考えていると、ぼくの横を、同じくらいの身長の女子がスッと通り過《す》ぎた。

その女子を見たとたん、ぼくは、思わずさけんでしまった。

「みなみ！」

ぼくの声に気づいた女子は、ハッとこっちをふり向き、にこっとほほえんだ。

腰《こし》まであるミントカラーの髪《かみ》を耳の上でツインテールに結び、ピンク色のセーラー服を着ている。

腕《うで》につけたハート形《がた》のかざりだらけの時計は、本当は時計じゃなくて、魔法少女《まほうしょうじょ》に変身するための秘密《ひみつ》アイテムだ。

どう見ても現実離《げんじつばな》れしているその女子を、ぼくは、よく知っていた。

誕生日《たんじょうび》も、好きな食べ物も、趣味《しゅみ》も……。

みなみのことなら、ぼくは、なんでも知っている。

「あっ」

みなみは、くるっと方向を変えると、地下へ続く階段《かいだん》を下りていった。

待ってくれ。

気がつくと、ぼくは必死にみなみを追っていた。

これは、夢《ゆめ》なのかな。

目の前に、大好きなみなみがいるなんて。

階段を下りると、そこはうす暗い通路になっていた。

みなみは、この先に行っちゃったのかな。

タッ、タッ、タッ……。

だんだん小さくなっていく足音をたよりに、ぼくは通路の先へと進んでいく。

追いつくかな？

みなみを追いかけて地下通路を走っているうちに、いつのまにかまわりが明るくなっているのに気がついた。

「うわ……。なんだ、これ」

ここから壁《かべ》が色とりどりのステンドグラスに変わっていた。

青空に虹《にじ》がかかり、鳥や風船が舞《ま》う絵柄《えがら》は夢の世界のようだった。

カラン、コロン。

小さな鐘《かね》の音が聞こえて、ぼくは、ハッとする。

みなみ！

つきあたりに扉《とびら》があり、みなみが中へ入ろうとしているのが見えた。

ぼくは、大急ぎでみなみにかけ寄《よ》っていく。

扉のそばにはガラスでできたショーケースがあって、にせもののクリームソーダやナポリタンがかざってあった。

……そうか、ここが地上にあった看板《かんばん》のお店『純喫茶《じゅんきっさ》クライ』だ。

「いらっしゃいませ。おふたりさまですね」

黒いワンピースに、フリルのついた白いエプロン姿《すがた》のお店のひとは、ぼくたちを見てそう言った。

「え！　おふたりさまって！」

びっくりしていると、みなみはぼくを見て、しずかにほほえんだ。

ドキッと心臓《しんぞう》が重く鼓動《こどう》を打ち、息が苦しくなる。

ぼくは、サッとみなみから視線《しせん》をそらした。

……みなみをもっとよく見たい、でも、じっと見ていると胸《むね》が苦しい！

どうしたらいいんだろう。

そのときだった。

すっ……と、みなみの手が伸《の》びてきて、ぼくの腕《うで》をがっちりつかんだ。

みなみが、ぼくにさわってる！

心臓が、口から飛び出しそうなほどにドキドキしていた。

「では、こちらの席はいかがでしょうか」

お店のひとに案内され、ぼくたちはテーブルをはさんで向かい合う席にすわった。

「メニューをどうぞ」

お店のひとがメニュー表と、水を持ってきた。

なにがあるんだろう、と、メニューを見ようとすると、みなみも同じことを考えていたのか、おたがいの頭がこつん、とぶつかった。

「あっ！　ごめん！」

あわてて身を引く。

みなみは、頭をおさえながら、にこっと笑った。

「みなみは、しゃべれないの？」

ぼくが言うと、みなみは、のどのあたりをおさえ、こまったような顔をして肩《かた》をすくめた。

ああ、そっか。わかったぞ。

「まだ、ボイスをインストールしていないんだね」

みなみは「そう、そう」という感じに、うなずいた。

みなみ。

流星《りゅうせい》みなみ。誕生日《たんじょうび》は、十一月十一日。さそり座《ざ》。ＡＩロボット研究家の零王博士《れいおうはかせ》が作りだした少女型《しょうじょがた》ロボットだ。しかし、みなみが完成した夜、研究所に隕石《いんせき》が落ちて、博士は帰らぬひととなってしまった。残されたみなみは、目を覚ましたが、声や気持ちをインストールされていないため、未完成のままだ。

プレイヤーは、そんなみなみの声や気持ちをさがして、インストールして、彼女《かのじょ》を完成させる。

そして、彼女のマネージャーになり、ゆくゆくは最強の魔法少女《まほうしょうじょ》アイドルに育てあげるんだ。

そう、みなみは、スマホゲーム『極上《ごくじょう》！　魔法少女アイドル見参』のヒロイン。

ぼくは、ずっと、このゲームに夢中《むちゅう》だった。

祐介《ゆうすけ》が転校してしまって、いちばん仲のいい友だちがいなくなったから……。

この一年、ぼくのいちばんの友だちは、画面の中のみなみだった。

ゲームが進むにつれて、ぼくの鼓動《こどう》は、はやくなっていった。

画面の中でみなみが笑うと、ぼくもいっしょにうれしくなる。

画面の中でみなみが泣くと、ぼくはあせりだす。ああ、早くみなみの悲しみを取りのぞいてやらなくちゃって。

めんどうくさいと思っていた「女子」に、ぼくはふりまわされていた。

それなのに、ちっともいやじゃない。

それどころか、もっと、ずっとみなみを見ていたくなった。

「でも、どうして、みなみが現実《げんじつ》にいるのかな」

心の中で思ったつもりだったのに、声に出てしまった。

ぼくの言葉を聞いたみなみは、しゅん、と悲しそうな顔になる。

「あっ、ごめん。その……、ちがくて。みなみが現実にいて、うれしいっていう意味だよ」

そう言うと、みなみは顔をななめにかたむけ、上目づかいでぼくを見た。

胸《むね》の奥《おく》が、きゅうっとせまくなったような感じがする。

かわいいな……。

これは、きっと、夢《ゆめ》なんだ。

でも、夢でもいいや。いまのぼくは、ゲームの中でしか会えない、みなみとデートしているんだ。

ふたたびメニュー表に目をもどすと、ぼくは言った。

「ホットケーキを、はんぶんこでもいい？」

金額《きんがく》は書いていないからわからない。財布《さいふ》の中身がうるおっているとはいえ、こういうお店でふたり分の代金を支払《しはら》うのは心配だった。

ぼくの提案《ていあん》に、みなみは「いいよ」というふうにうなずいた。

「マスターさん」

喫茶店《きっさてん》の店主さんのことをマスターというのを思い出して、そう呼《よ》んでみた。

みなみの前で、少しかっこつけたかった、というのもある。

「ホットケーキをください。ふたりで分けるから、ひとり分でいいです」

「かしこまりました」

注文を伝票に書きつけると、マスターさんはカウンターの奥《おく》にあるキッチンへ引っこんでいった。

ホットケーキが出てくるのを待つあいだ、ぼくは、みなみに、この三日間の話をすることにした。

赤ちゃんのころからいっしょだった幼《おさな》なじみの祐介《ゆうすけ》と、一年ぶりに再会《さいかい》したら、そいつに彼女《かのじょ》ができていて、思うように遊べなかったこと。

「ぼくが知らないあいだに、祐介は変わっちゃったんだね」

ただの思い出話が、だんだん悪口になってきた。

「女子に夢中《むちゅう》で、まわりが見えなくなってるんじゃないかな、あいつ」

「ふつう、親友との再会につれてこないよね、彼女なんて」

「ずっと、でれでれしちゃってさ、なんか見ていられなかったよ」

みなみは、じっと、ぼくの話を聞いていた。

ああ、みなみが、ボイスをインストールしたあとのみなみだったらよかったのにな。

そうしたら、あのかわいい声で、どんな返事をしてくれるんだろう。

「お待たせしました。ホットケーキです」

マスターさんが持ってきたのは、ふんわりと甘《あま》いにおいをただよわせている三枚重《まいがさ》ねのホットケーキ。

きつね色に焼けて、まん中のバターがじわじわ溶《と》けている。

シロップはお好みで、とマスターさんは小さな瓶《びん》を置いていった。

「こういうのって、小さなころ、絵本で見たホットケーキみたいだね」

そう言いながら、ぼくは、自分の小さなころを思い出していた。

くまさんがホットケーキを作る絵本で、保育園《ほいくえん》のころ、祐介《ゆうすけ》といっしょに読んだなあ。絵本の中のホットケーキが焼ける様子を見て、ぼくたち、つばが止まらなくなって笑ったっけ。お母さんにたのんで、本物のホットケーキを作ってもらったときは、絵本のくまさんになりきって「ぱっくん、ごっくん」って言いながら食べて……。

かちゃん、と音がして、ぼくは、ハッと我《われ》に返った。

みなみが、シロップの入った瓶《びん》を持って、ホットケーキにかけようとしているところだった。

黄金色のシロップが、ホットケーキにとろりとかかっていく。

ホットケーキは、みなみが切り分けてくれた。

「いただきます」

みなみが切った、というだけで、口に入れるのにドキドキしてくる。

ぱくっと食べると、口いっぱいにバターの香《こう》ばしさと、ホットケーキ、それにシロップの甘《あま》さがミックスされた味がひろがる。

「おいしいね」

突然《とつぜん》、みなみは、自分が持っているフォークをぼくに向かって差し出してきた。
まるで「あーん、して？」と、いうふうに。
「え！　みなみ、いいって。そんな、恥《は》ずかしいよ。だめだって」
口ではそう言いながらも、ぼくは、やった、やった、と思っていた。
いよいよ、本当のデートみたいになってきた。
いや、いままでのが、にせものだったってわけじゃないけれど……。
みなみの持つフォークにささったホットケーキを、そっと口に入れる。
――「お味は、いかがですか？」
みなみがそう言っているのが、聞こえるような気がしてきた。
「いままで食べたホットケーキの中で、いちばんおいしい！」
お皿の上のホットケーキが少なくなっていく。
ずっと、なくならないで。
だって、そうしたら、ずっと、このまま、みなみといっしょにいられるんだ。
ホットケーキを食べ終わったら、楽しい時間が終わってしまう。
ポケットをたたくとビスケットが増《ふ》えるっていう童謡《どうよう》みたいに、このホットケーキもどんどん増《ふ》えたらいいのに。

だけど、そんなことは起こるはずもなく、やがて、お皿はからっぽになった。

「そろそろ、行こうか」

みなみといっしょに立ち上がる。

お金を払《はら》おうとすると、マスターさんは言った。

「ここでは、お代はいただきません」

「えっ、そんな、でも」

タダというわけにはいかない。

何度もお金を払おうとしたけれど、そのたびにマスターさんは「お代はいただきません」と首を横にふるばかりだった。

そんなに言うなら、しかたないか、と、ぼくたちはお店をあとにした。

階段《かいだん》を上りながら、ぼくは、だんだん不安になってきた。

とん、とん、とん。

ぼくが階段を上る音と、みなみのそれが重なりあって合唱しているみたいになっている。

あんなにおいしいホットケーキがタダなんて……。
まさか、毒《どく》が入ってたとか？
でも、どこも痛《いた》くないし、苦しくもない。
もとの道路にもどってきて、ぼくは、みなみをふり向いた。
「あれ？」
いない。
さっきまで、みなみは、ぼくのあとにつづいて階段を上っていたのに。その証拠《しょうこ》に、
ぼくは、みなみの足音を聞いていた。
忘《わす》れ物をして、お店にもどったのかな。
ぼくは地下へつづく階段をじっとみつめた。
――「ここでは、お代はいただきません」
あのマスターさん、ちょっと不気味だったな。
できれば、あのお店にはもうもどりたくないと、ぼくは思っていた。そんなお店で
人生初のデートをしたってことが皮肉だけれど……。
でも、みなみが……。

えいっと覚悟《かくご》を決めて、ぼくは、階段《かいだん》を下りた。

しかし、お店にもどっても、みなみの姿《すがた》はどこにもない。

マスターさんは、カウンターのむこうでコーヒーを淹《い》れているところだった。

「あの、さっきの女の子は……」

ぼくが言うと、マスターさんは「ああ」とこっちを向いた。

「あのお客さまなら、とっくにお帰りになられたはずです。あなたの、すぐそばに」

「えっ」

まさか……と思って、ぼくはリュックからスマホを取り出した。

スマホの中にあるゲーム、『極上《ごくじょう》！ 魔法少女《まほうしょうじょ》アイドル見参』のアプリを急いで立ち上げる。

「おつかれさまでーすっ！ マネージャーさんっ、みなみに、次のお仕事、くださーいっ」

画面の中のみなみが、ぼくに向かって笑いかけている。

「そんな……」

みなみは、ゲームの中にもどっていったってこと？

「それが現実《げんじつ》にはいない相手でも」
マスターさんが言って、ぼくは、ハッと顔を上げた。
「たいせつな恋心《こいごころ》だと、わたしは思いますね」
マスターさんの言葉が、ぼくの胸《むね》にぐさっとつきささる。
……ずっと、ぼくは、自分がへんなんじゃないかと不安だったんだ。
ゲームの中の女の子が好きだなんて。
ぼくは、ふらふらとお店をあとにした。
『純喫茶《じゅんきっさ》クライ』
ぼくが、好きな女の子と、生まれて初めてデートをした思い出のお店。
でも、ぼくは、もう二度とあのお店には行かない。
胸が苦しくて、泣きたくて、自分が自分でなくなっていくような気持ちになるから。
だけど……。
帰り道を歩きながら、ぼくは思った。
これが、恋なんだ。
でも、気づくのと同時に終わりだなんて。

さようなら、ぼくの初恋《はつこい》。


「どこに寄《よ》り道していたのっ。祐介《ゆうすけ》くんのおたくに連絡《れんらく》したら、ちゃんと時間どおりのバスに乗って帰っているはずですよって言われたし、心配したのよ」

家に着いたのは、夜の七時を過《す》ぎていた。

どこに行っていたか言いたくない、と言うぼくに、お母さんはしつこくあれこれ聞き出そうとしてきたけれど、ちょうど会社から帰ってきたお父さんが助け船を出してくれた。

「まあ、今日は篤史《あつし》もつかれてるんだし、そのへんでいいだろ」

「もうっ、篤史、なにがあったかは明日、話してもらうからね」

お父さんは「あ、そうだ」と言って、ぼくに封筒《ふうとう》を差し出した。

「これ、外の郵便受《ゆうびんう》けに入ってたぞ」

なんだろう。

手紙の差出人は、祐介だった。

えっ、どうして。

ぼくは、自分の部屋に行き、封筒をまじまじとみつめた。

切手に押《お》してある郵便局の消印の日付は、きのう。

祐介、ぼくと遊んでいるあいだに、こんな手紙書いて、ポストに出してたってこと？

でも、なにか言いたいことがあって、口じゃ言いにくいなら、スマホにメッセージを送ってくれたらいいのに……。

便せんをひろげて、ぼくは手紙を読んだ。

『中田《なかた》篤史くん。

はじめまして。わたしは、山崎《やまざき》まりあといいます。

篤史くんと同じ小学六年生で、篤史くんの友だちの渡辺《わたなべ》祐介くんと同じクラスです。

突然《とつぜん》、手紙を送ってしまって、篤史くんはびっくりしたと思います。

見知らぬ女子から手紙がきたら、気持ちが悪いと思うので、封筒の名前は、祐介くんから、ということにしちゃいました。

祐介くんは、夏休みに篤史くんに会えることを、本当に楽しみにしていました。

学校でも、いつも篤史くんの話ばっかりしています。

たいせつな、幼《おさな》なじみなんだって。

わたしには、幼なじみといえる友だちはいません。

いまから作ろうとしても、わたしは、もう小六になってしまいましたし、幼なじみというには、ちょっと大きくなりすぎちゃいましたよね。

だから、ふたりがとてもうらやましいです。

それで、祐介《ゆうすけ》くんは、どうしても篤史《あつし》くんをわたしに会わせたいって言うのです。

どれだけ最高で、いいやつか、わたしに自慢《じまん》したいんだと思います。

祐介くんらしいですよね。

そんなわけで、ふたりのだいじな再会《さいかい》を、わたしがじゃましてしまうのは、本当に本当に悪いなあと思うのですが、篤史くんが、どうか、わたしとも仲よくしてくれたら、うれしいな、と思います。

祐介くんは、当日までないしょにしようと言ったのですが、わたしは、やっぱり気になるので、こうして、前もってお手紙を書くことにしました。

なぜ篤史くんの住所を知っているかって？

それは、ふたりが同じマンションに住んでいたって聞いていたからです。

祐介くんに、前に住んでいたマンションの住所を教えて、と言ったら、なんの疑《うたが》いもなく教えてくれました。

そのあと「幼なじみの篤史くんは、マンションの何号室だったの？」

これでオッケー、というわけです。

探偵《たんてい》になったみたいで、ちょっとおもしろかったです。

それでは、会えるのを楽しみにしています。

山崎《やまざき》まりあ』

……なにが探偵だよ、と、ぼくは思った。

りっぱな探偵なら、ぼくが家を出発する前にこれを受け取れるよう、逆算《ぎゃくさん》して、手紙をポストに入れなきゃいけないのに。

山崎さんは、手紙を出すのが少しだけおそかったんだ。

おどおどして、落ち着きのなかった山崎さん。

でも、そんな山崎さんのことを、祐介は好きになったんだ。

ぼくの目の前で、にっこりほほえんでくれたみなみのことを思い出すと、また胸《むね》が苦しくなった。

祐介《ゆうすけ》も、山崎《やまざき》さんに対して、こんな気持ちになったのかな。

ぼくは、ふたりの目に見える部分しか見ていなかったことにいまさら後悔《こうかい》していた。

それに、ぼくは、変わっていく祐介を見て、勝手にあせっていたんだ。

ぼくの好きな女の子は、この世にはいない架空《かくう》の「みなみ」なのに、祐介が好きになったのは、ちゃんと実在《じつざい》する山崎さんという女子。

身長もぐんぐん伸《の》びて、都会でどんどんおしゃれになって、そうやっておとなに近づいていく祐介に対して、ぼくは、いまだに架空の「みなみ」に恋《こい》する子ども……。

そうやって自分と祐介を比《くら》べるたびに、自分がどんどん情《なさ》けない存在《そんざい》に思えてきた。

――「それが現実《げんじつ》にはいない相手でも、たいせつな恋心だと、わたしは思いますね」

『純喫茶《じゅんきっさ》クライ』のマスターさんの言葉が耳の奥《おく》でよみがえる。

そうなのかな?

みなみ、きみを大好きだったぼくは、おかしくない?

子どもっぽくなんか、ないのかな?

心の中にいるみなみに向かって問いかける。

みなみは「だいじょうぶだよ」とほほえんだ、そんな気がした。

……祐介に、メッセージを送ろう。
リュックからスマホを取り出す。
『山崎さんに』
そこまで文字を打って、だめだ、と全部消した。
なんて言ったらいいんだろう。
ごめん、とあやまったらいいのかな。
とりあえず、この手紙をいま読んだことを伝えようか。
考えがまとまらず、ぼくは、ベッドに横になった。
タイムマシンがあったら、祐介のところへ遊びに行く前にもどりたいな、と思った。
そうしたら、きっと、ぼくは山崎さんともうまくやれたのに。
でも、いくら考えても時間は決してもどらない。
ぼくの、一生に一度の小学六年生の夏休みは、あと三日で終わる。

だれかを好きだと思う気持ち。
それが現実《げんじつ》にはいない相手でも、たいせつにしてあげて。
それは、自分の気持ちをたいせつにすることと同じだから。
実らない恋心《こいごころ》も、やがて、だれかを思いやる、
気持ちのタネになるのだから。

マスターさんより

# 勇気のクリームソーダ

## なりたい自分になる方法

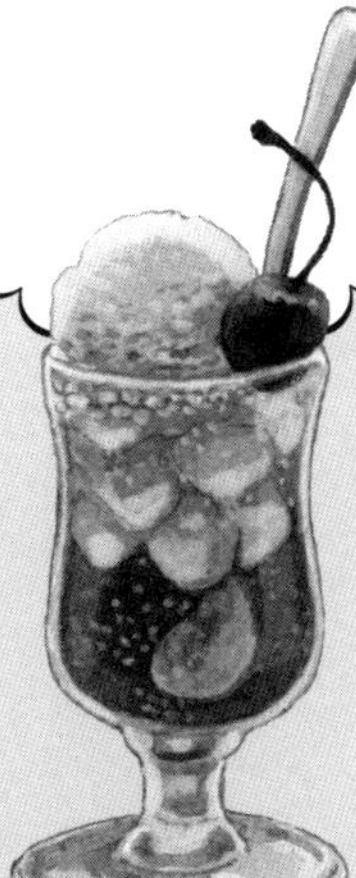

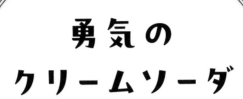

おうちの中、それも自分の部屋にいるときが、わたしはいちばんほっとする。好きなだけぼんやりしていても、だれからもなにも言われないし、あぶない目にあうこともないのだから。

――「ふつうのひとにならなくちゃ」

学校で、わたしは、いつもそう思いながら過《す》ごしている。

幼稚園《ようちえん》のころから、わたしはなにをするのもみんなよりずっとおそくて、いつもぼんやりしていた。

みんなが話しているネットの動画や、ゲームの話にも、ついていけない。なぜなら、それらはものすごいスピードで変化しているからだ。

きのうアップされた動画が、次の日にはずっと前のことみたいになっていく。そこだけ、時間の流れるスピードが特別はやくなっているみたいに。

ただでさえ、のんびりしているわたしは、あっという間においてけぼり。

わたしは、うさぎの絵が描《か》かれたおさいほう箱を開けた。

家庭科の授業《じゅぎょう》で使うおさいほう箱ではなく、これは、お母さんが小学生のときに使っていたものをおさがりでもらったもの。

いま、わたしが学校で使っているものとちがって、のんびりしたようなあたたかみのあるデザインが好き。

人形作りの続きをしようっと。

わたしは、小さなころから手芸が好きで、特に好きなのは人形作り。

材料は、おもに百円ショップで売っているフェルトの布《ぬの》だ。

人形作りは、ゆっくり、じっくり、ていねいに、長い時間をかけて、やっと一体が完成する。

わたしは、好きなことも、できることも、全部がゆっくり。

そんなわたしでも、心の中に、なにがあっても揺《ゆ》るがないものがあったりする。

それは、将来《しょうらい》の夢《ゆめ》。

わたしは、人形作家になりたい。

だけど、学校のみんなに言える？　そんなこと。

きっと「そんな仕事でどうやって生活していくの？」「じゃあ、作ったもの見せてよ」って、笑われるよね……。

わたしは、はあ、とため息をついた。

好きなものや、夢《ゆめ》をみつけても、学校ではまだこの呪文《じゅもん》をとなえなきゃいけないのは変わらない。

――「ふつうのひとにならなくちゃ」

「ねえ！　桜子《さくらこ》ちゃんも行くでしょ！」

登校して、教室へ行くと、いつもいっしょのグループにいる玲香《れいか》ちゃんが話しかけてきた。

グループの、ほかのメンバー、佳椰《かや》ちゃんと萌奈美《もなみ》ちゃんも、わたしのもとへバタバタ走ってくる。

「行くって、どこに？」

わたしが言うと、玲香ちゃんは突然《とつぜん》がばっと抱《だ》きついてきた。

そして、わたしの耳元で言う。

「『かくれんぼ』」

ドキン！　と心臓《しんぞう》が大きくふるえた。

「え、それって、まさか、あの映画《えいが》のこと？」

わたしが言うと、みんなは「それそれ！」と声をそろえた。

『かくれんぼ』

いま、大ヒットしているホラー映画だ。

テレビやネットで、ふいに流れるこの映画のCMが、わたしは大の苦手だった。

血だらけのひとがうつっていて、見るたびに心臓がバクバクして、息が苦しくなる。

決まった時間に放送されるテレビ番組とちがって、CMだから見たくないのに目に入ってきてしまう。

最近では、このCMがこわいから、テレビやネットを見なくなっていた。

わたしは、むかしから、血や、こわい描写《びょうしゃ》が苦手だ。

「おねえちゃんがこのまえ、友だちと見に行ったんだけど、本当にこわいんだって！」

「見たくなーい！　でも、見たーい！」

みんなは、きゃーきゃー盛《も》り上がっている。

「ねえ、桜子ちゃんも行くでしょ？」

玲香《れいか》ちゃんに言われて、わたしは「う」と返事につまる。

どうしよう……。

「わたし、ホラーはだめなの」なんて、とてもじゃないけれど、言えない雰囲気《ふんいき》だ。

それに、本当のことを言って、みんなにきらわれるのが、わたしはこわかった。

四年生のころ、わたしは、友だち関係でミスをした。

こんな場面で、みんなについていけなくて、気づいたら、教室でひとりぼっち。

この小学校は三年生と五年生のときにクラスがえがある。

それで去年、五年生になったとき、教室での友だち関係は、ふりだしにもどった。

わたしは、心からほっとした。

それと同時に、今度はぜったいに友だち関係でミスをしたくないと思った。

玲香ちゃんたちは、こんなわたしと仲よくしてくれる、たいせつな友だち。

なによりも、教室でひとりになるのは、いや。

一日がとても長くて、夜、寝《ね》る前に「明日も学校だ」と思うたびに絶望《ぜつぼう》の底にしずむような感覚を味わうのは、もうたえられない。

「ねえ、ねえ、桜子《さくらこ》ちゃんってばあ」

玲香ちゃんに腕《うで》を引っぱられ、わたしは、こくん、とうなずいた。

「う、うん。行くよ……」

「やったあ！　決まりだね！　みんなで行けるなんてうれしいなあ」

「ねえ、帰りにフラッペジュース飲みに行こう」

「あ、それ、いますっごく人気のあるやつ！　わたしも飲みたかったの」

盛《も》り上がっているみんなとは反対に、わたしの心は暗くなっていく。

どうしよう……。

約束は、あさって、土曜日だ。


映画館《えいがかん》の中に、衝撃的《しょうげきてき》な音がひびく。

ガラスの割《わ》れる音。

鉄の扉《とびら》が床《ゆか》にたたきつけられる音。

そして……。

「きゃあっ」

見ているひとたちの悲鳴があがり、それとともに、なにかがつぶされているようなグチュグチュという不快《ふかい》な音が聞こえてきた。

……いや。

いま、ぜったいにこわい場面だよね。

わたしは、ひざの上に置いた手をぎゅっとにぎり、目をつむっていた。

今日は、土曜日で学校はお休み。

わたしたちは、いつものグループ四人組で、映画館《えいがかん》へやってきた。

この夏、最大のホラー映画『かくれんぼ』。

SNSで集まった高校生が、学校に閉《と》じこめられて、呪《のろ》いの幽霊《ゆうれい》から逃《に》げまわるお話だ。幽霊につかまると、生きて帰ることはできない。

わたしたちは、座席《ざせき》のまん中あたりに横一列に並《なら》んですわった。

映画を見ているあいだ、みんなは前のスクリーンを見ているから、わたしがずっと目をつむっていることには気がつかないだろう。

それでも、おどろおどろしい音楽や、さっきのような気持ちの悪い音が聞こえてくる。頭の中に浮《う》かぶ想像《そうぞう》だけで、わたしは気を失いそうになっていた。

早く終わって。

早く、早く……！

映画が終わるまでの二時間、わたしは生きた心地がしなかった。


「あーっ、めちゃくちゃこわかったー」

「わたし、今日、ねむれないかもー」

口では「こわい」と言っているのに、みんな、なんでこんなに楽しそうなんだろう。

映画が終わり、わたしたちは、次の目的地へ向かっていた。

「桜子《さくらこ》ちゃんは、どこがいちばんこわかった？」

萌奈美《もなみ》ちゃんが聞いてきた。

「えっと……」

みんなが、わたしの答えを待っている。

どうしよう。

まさか、ずっと目をつぶっていたから、内容《ないよう》はまったくわからないなんて、とてもじゃないけど、言えないし……。

「ぜんぶ……」

わたしが言うと、みんなが突然《とつぜん》、しんとしずかになった。

うそ……。わたし、まちがったことを言ってしまったの？

四年生のころの悪夢《あくむ》がよみがえり、汗《あせ》がどっとわいてきた。

「だよねーっ！」

沈黙《ちんもく》を破《やぶ》るように萌奈美《もなみ》ちゃんが声をあげた。

ほかの子もそれに続く。

「わたしも、ぜんぶこわかった！」

「わかる、わかる。ずっと心臓《しんぞう》ドキドキしてた」

……よかった。長く感じた沈黙でも、実際《じっさい》はほんの一瞬《いっしゅん》だったんだろう。

わたしは、ホッと胸《むね》をなで下ろした。

「ねえ、見て。すごく並《なら》んでるよ」

玲香《れいか》ちゃんが指さしたのは、みんなで飲もうね、と約束していたフラッペジュースのキッチンカーだ。

フラッペジュースは、かき氷とフルーツジュースがドッキングした、いま、SNSでも大人気の飲み物だ。

ジュースの中には、星形《ほしがた》や月形のゼリーが浮《う》かんでいて、見た目のかわいさも人気の理由だった。

行列は三十メートルくらい続いている。いったい、何人並んでいるんだろう。

「人気あるとは聞いてたけど、ここまでとは思わなかったね。どうする？」

玲香ちゃんが言った。

本当のことをいうと、わたしは、並んでまで飲みたいとは思わなかった。

今日は暑いし、たしかにのどはかわいているけれど、フラッペジュースじゃなきゃいやってわけじゃないし……。

ああ、友だちって、いったいなんなんだろう。

「映画《えいが》を見てつかれたから、べつの、すいているお店に行きたいな」って、言っちゃだめなのかな。

――「ふつうのひとにならなくちゃ」

心の中で、呪文《じゅもん》をとなえる。

そうだ、ふつうのひとなら、ここで「べつのお店にしよう」なんて言わないんだ。

わたしが考えていたことの、答え合わせのように佳椰《かや》ちゃんと萌奈美《もなみ》ちゃんがこう言った。

「ここまで来たら、並《なら》ぶに決まってるでしょ！」

フラッペジュースを手にするまで、わたしたちは暑い中、一時間半も並んだ。

「あーっ、おいしかった」

みんなは、そう言うけれど、すっかりつかれていたわたしには、味がよくわからなかった。

「ねえ、わたし、行きたいところがあるんだけど」

佳椰ちゃんが言って、今度は、アイドルグッズを売っているバラエティーショップに行くことになった。

そのお店は、駅前のショッピングビルの五階にある。

ビルに入り、エスカレーターで上に向かおうとしたときだった。

あっ。

壁《かべ》に貼《は》ってあるポスターに、わたしは一瞬《いっしゅん》で目をうばわれた。

『神秘《しんぴ》の人形世界、特別展示中《とくべつてんじちゅう》』

背中《せなか》に羽をつけている妖精《ようせい》の人形がうつっているポスター。

トクン、トクンと鼓動《こどう》がはやくなっていく。

どうやら、このビルの七階で行われている展示のようだった。

ポスターの中にいる青い目の妖精が、わたしに語りかけているように見えた。

――「わたしをみつけて。会いに来て」

……見てみたいな。どんな人形か、勉強になるかもしれないし。

「ちっ」

突然《とつぜん》、後ろから舌打《したう》ちが聞こえて、わたしはハッと我《われ》に返った。

「ご、ごめんなさい！」

わたしが足を止めていたせいで、後ろには同じくエスカレーターに乗りたいひとが何人もつまっていた。

あわててエスカレーターに乗る。

「やだ、もう、なにしてるの、桜子《さくらこ》ちゃん」

「桜子ちゃんは、のんびりさんだからねー」

遅《おく》れてやってきたわたしを見て、みんなは、アハハと笑った。

おなかのまん中あたりが、ぬれたぞうきんをしぼるみたいに、きゅうっとなる。

のんびりさんって笑われると、どうしても四年生のころ、教室でひとりぼっちになったことを思い出してしまう。あのときも、そうだった。

「桜子《さくらこ》ちゃん、なにかあったの？」

萌奈美《もなみ》ちゃんが、わたしの顔をのぞきこむようにして、言った。

「う、うん……」

話してみようかな。

一瞬《いっしゅん》だけ、そんな思いが胸《むね》をよぎった。

──あのね、さっき、偶然《ぐうぜん》ポスターをみつけたの。このビルの七階で、人形の展示《てんじ》をやってるって。わたし、人形が好きで興味《きょうみ》があるんだ。みんなも、よかったらついでに見てみない？

心の中だけなら、言いたい言葉がすらすら出てくる。

それに、佳椰《かや》ちゃんは、みんなの前で堂々《どうどう》と言っていたんだ。「わたしはバラエティーショップに行きたい」って。

みんなの前で、自分の言いたいことを言うのは、なにもおかしなことじゃない。

だけど……。

みんなに、笑われたらどうしよう。

人形が好きだなんて、へんだって思われたら？

――「ふつうのひとにならなくちゃ」

耳の奥《おく》に、しっかりしみついた呪文《じゅもん》がぐるぐる回る。

「桜子ちゃん？」

萌奈美ちゃんに言われて、わたしは首を横にふった。

「ううん、なんでもないよ」

バラエティーショップに着くと、みんなは流行《はや》りのアイドルグッズを見て、きゃあきゃあ言っていた。


つかれたな……。

みんなと別れ、わたしはひとり、帰り道をとぼとぼ歩いていた。

遊びに行くのに、こんなにつかれて、いったいわたし、なにしてるんだろ……。

そう思ったとき、道のわきにある看板《かんばん》が目についた。

コーヒーカップの絵柄《えがら》に『純喫茶《じゅんきっさ》クライ』という文字。

喫茶店かあ。

看板のそばには、地下へ続く階段《かいだん》がある。たぶん、この階段の先にお店があるのだろう。

子どもひとりじゃ入っちゃいけないだろうし、わたしには関係ないよね、そう思ったときだった。

目の前を、きらりと光るなにかがかすめ、鼻がムズムズッとした。

「ハ、ハクション！」

がまんできずに、わたしは大きなクシャミをした。

その瞬間《しゅんかん》、ぎゅっとかたく閉《と》じた目を開くと……。

えっ！　うそ！

人形の妖精《ようせい》が、喫茶店の看板にすわってる！

その姿《すがた》は、さっき見た展示《てんじ》のポスターから抜《ぬ》け出してきたようだった。

腰《こし》まで伸《の》びた金色の長い髪《かみ》。

体に巻《ま》きつけた質素《しっそ》な布《ぬの》が、高貴《こうき》なドレスに見えるくらい端整《たんせい》な顔立ち。

そして、なによりも背中《せなか》に生えた羽！

なにこれ。

そもそも、これは人形なの？

それとも、本物の妖精？

本物だとしたら、おどろかせてはいけないと思ったのに、わたしは、靴《くつ》を地面にこすりつけてしまった。

あ、いけない！

ざざ、と靴底がアスファルトにこすれる音がする。

妖精は、ハッとこっちを見ると、背中の羽をパタパタと動かし、看板から飛び立った。

考えるより先に体が動いていた。

地下へすーっと下りていく妖精のあとを追って、わたしは階段を下りていった。

階段を下りた先は、うす暗い通路だった。

照明は、数メートルおきについている小さな豆電球だけ。

外とちがって暗いここでは、妖精《ようせい》が光りかがやいて見える。

……きれい。

近くに行って、もっとよく見てみたい。

通路の奥《おく》へ飛んでいく妖精を、わたしはそっと追いかけた。

そうして、たどりついた場所は……。

わあ、すてき！

さっきまでのうす暗い通路とちがい、今度は壁一面《かべいちめん》がステンドグラスになっている。

地下だというのに、壁のステンドグラスにはやわらかい光がふりそそぎ、まるで光のトンネルみたい。

虹《にじ》や、空を飛ぶ鳥たちの絵柄《えがら》は見とれてしまうくらい美しかった。

あれ？　妖精さんは？

あたりを見回す。

いない。

ステンドグラスの光がまぶしすぎるせいだろうか。さっきまで見えていた妖精はどこにもいない。

つきあたりには、木の枠《わく》でできた扉《とびら》があって、ガラスの部分に『純喫茶《じゅんきっさ》クライ』と書かれていた。

地上にあった看板《かんばん》のお店、本当にあったんだ。

扉のそばには、ガラスでできたショーケースがあり、クリームソーダやナポリタンなどの食品サンプルが並《なら》んでいる。

妖精さん、もしかしたら、お店の中にいるのかな。でも、さすがに小学生のわたしがひとりで入るのは無理だし……。

がっかりして、引き返そうとしたときだった。

扉が開き、中からお店のひとが出てきた。

長い髪《かみ》を後ろでひとつにまとめていて、黒いワンピースに、フリルのついた白いエプロン姿《すがた》……。

こういうお店は、おじさんがやっているイメージだったけれど、ここは若《わか》い女のひとがマスターさんなんだ。

「ちょうどよかった」

マスターさんは、わたしを見て、言った。

「もし、よかったら、クリームソーダを飲んでいきませんか？」

「えっ！」

魔法《まほう》みたい！

そう思った。なんてタイミングがいいのだろう。

でも……。

「あ、あの……」

もじもじしていると、マスターさんが、くすっと笑った。

「もちろん、お代はいただきません。クリームソーダを注文なさったお客さまが、突《とっ》然《ぜん》帰ってしまわれて……。こまっていたんです」

「でも……」

「さあ、どうぞ。早くしないと、せっかくのアイスがとけてしまいますから」

そのとき、マスターさんの目がきらりとあやしく光ったような気がした。

ふしぎ。

それを見たら、わたしは、吸《す》い寄《よ》せられるようにお店の中へ足をふみ入れていた。

うす暗いお店の中、わたしはカウンター席へ案内された。

目の前には、クリームソーダ。

まあるいアイスの横には、まっ赤なチェリーがひとつぶ。緑色の炭酸《たんさん》ジュースが
シュワシュワと小さな音をたてている。

「いただきます……」

アイスがとけると、もこもこした泡《あわ》がグラスをふちどった。

「おいしい……」

つかれた体に甘《あま》いアイスがしみわたって、わたしは思わずつぶやいていた。

「お急ぎだったのかもしれませんね」

「えっ？」

「そのクリームソーダを注文なさったお客さまです」

マスターさんが言って、わたしは「ああ……」とクリームソーダを見下ろす。

これを注文したお客さん、飲まずに突然帰ってしまったって言ってたっけ。

「とても神秘的《しんぴてき》な、妖精《ようせい》のお客さまでした」

「！」

マスターさんが言ったことに、わたしはクリームソーダを吹《ふ》き出しそうになった。

えっ！　じゃ、じゃあ、さっき見かけた妖精《ようせい》って、やっぱり、ほ、ホンモノ？

「いったい、なにをそんなに急いでいたのでしょうね。お見かけになりませんでしたか？　透《す》き通った羽があって……」

マスターさんは、わたしに向かって聞いてきた。

「…………」

見ました、この目で。

そう答える勇気はない。

だって、マスターさんは妖精だというけれど、ふつうのひとはそんなもの信じない。

――「ふつうのひとにならなくちゃ」

わたしは、心の中でいつもの呪文《じゅもん》をとなえると「妖精なんて知りません」というふうに首を横にふった。

クリームソーダを飲み終えると、わたしは、そそくさと店をあとにした。

「ありがとうございました」

お礼を言うのはこっちなのに、マスターさんはていねいにおじぎまでしてわたしを送り出してくれた。


月曜日になった。

朝の会が始まるまで、あと十分。

教室には、登校してくるクラスメートがぞくぞく増《ふ》えてくる。

わたしはいつもの四人組でかたまっていた。

「映画《えいが》、楽しかったねー」

「ねえ、夏休みもみんなでお出かけしようよ」

佳椰《かや》ちゃんが言って、みんなは「どこがいいかな」とあれこれ考えだす。

……わたしなら、市内の美術館《びじゅつかん》へ行ってみたいな。

美術館では、毎年、夏休みになると、わたしたち子どもでもなじみやすい展示《てんじ》をしてくれる。今年は、人形劇《にんぎょうげき》のパペットたちを展示するそうだ。人形作りが趣味《しゅみ》のわたしにとって、すごく勉強になりそう。

みんなと行くのも楽しいかも……。

無理かな。美術館《びじゅつかん》なんて、まじめすぎるって言われちゃうかも。

うん、だまっていよう。

わたしは、また自分の意見をおし殺《ころ》した。

「ねえ、ドリームランドのおばけ屋敷《やしき》は？」

玲香《れいか》ちゃんが言った。

ドリームランドは、わたしの住む地域《ちいき》に唯一《ゆいいつ》ある遊園地だ。

「このまえの映画《えいが》見て思ったんだ。やっぱり、ホラーの世界ってすごく楽しいなって」

「きゃー、さんせい、さんせい」

「あそこの遊園地、おばけが出るところが毎回ちがうっていううわさだもんね」

……え、うそ。

またホラー？

どうしよう……。

三人の会話を聞きながら、わたしは心臓《しんぞう》がドキドキしてきた。

もう、いやになってきた。

こんなこと、考えちゃいけないのかもしれない。

友だちがいるだけで、わたしはめぐまれているのかもしれない。

でも、いつも自分をおし殺して過《す》ごすのは、とても苦しい。

みんなに合わせてばっかり。

なんだか、自分がなくなっていくような……。

「きゃああっ！　さ、桜子《さくらこ》ちゃんが！」

玲香ちゃんが悲鳴をあげた。

え？

ふいに、自分の手を見て、わたしはびっくりした。

うそ！

わたしの手が、砂《すな》の像《ぞう》がくずれるみたいにして、指先からぼろぼろと風化していっている。

わたし、どうなっちゃうの？

だれか、止めて！

助けて！

そう思っているうちにも、砂《すな》の流れはさらさらと止まらない。

わたしが、どんどんくずれていく。

とうとう、わたしはすべてが砂になり、人間としての姿《すがた》をなくしてしまった。

教室のかたすみに、もとはわたしだった砂の山が、こんもりとできあがる。

ただ、わたし、としての意識《いしき》はまだ残っていた。

玲香《れいか》ちゃんたちが、わたしを見下ろして、笑っている。

「あーあ、こわれちゃった」

萌奈美《もなみ》ちゃんが言った。

「どうする？　佳椰《かや》ちゃん」

「しかたないよ。また次の子、さがそう」

「そうだね」

そんな会話をして、みんなはどこかへ行ってしまった。

……ひどいよ。

わたしって、いてもいなくても、みんなにとっては、どうでもいい存在《そんざい》だったんだ。

あんなに自分をおし殺《ころ》して、いつもみんなに合わせていたのに。

それどころか、わたしが消えかかっているときも、だれも助けようともしてくれなかった。

しばらく経《た》って、わたしは玲香ちゃんたちではない、べつのだれかに見下ろされているのに気がついた。

「あらあら、どうしましたか？」

この声、どこかで聞いたことがある。

砂になったわたしは、意識を集中させ、声の主をさがした。

黒いワンピースに、フリルのついた白いエプロン……。

わたしを見下ろしているのは、『純喫茶《じゅんきっさ》クライ』のマスターさんだった。

マスターさんはその場にひざをつくと、砂のわたしにふれた。

「こんなになっちゃって。かわいそうに」

手で、ぎゅっ、ぎゅっと砂をかため、マスターさんはなにかの形を作ろうとしている。

その形は、もとのわたしだった。

人間の、わたし。

足、胴体《どうたい》、腕《うで》、頭、わたしがだんだんとできあがっていく。
仕上げは、顔だ。
だけど、マスターさんは、わたしの顔を作っては、ため息をつく。
作ってはこわし、をくりかえすけれど、顔はなかなか完成しない。
「うまくできませんね」
「先生を呼《よ》ぶしかありませんね。先生、せんせーい」
マスターさんが呼ぶと、どこからかひとりの女のひとがやってきた。
その女のひとは、わたしの顔をてきぱきと修復《しゅうふく》していく。
女のひとと、わたしの目が合ったとき……。
ドキン、と心臓《しんぞう》がふるえた。
このひと……。
もしかして、わたし?
年は、ぜんぜんちがう。
おとなの女のひとだけど、そのひとは、わたしによく似《に》ていた。
ああ、わかった。

おとなになった、わたしだ。

わたしは、わたしに、やさしく語りかける。

「まわりに、無理に合わせなくてもいいんだよ。自分の好きな世界を、自信を持ってたいせつにして。そうして生きていけば、だいじょうぶ。勇気を出して。自分は、自分でいて。あなたなら、できる」

本当なの？

わたし「ふつうのひとにならなくちゃ」って思わなくても、いいの？

涙《なみだ》が出てきた。

砂《すな》でできているわたしは、涙を流すたびに、また顔がくずれてしまう。

それでも、目の前にいるおとなのわたしは、やさしくほほえんでくれている。

「好きなだけ泣いていいよ。何度でも直してあげる。だって、あなたは、たいせつなわたしだから」

そばで一部始終を見守っていた純喫茶《じゅんきっさ》クライのマスターさんが、ぱちぱちと拍手《はくしゅ》をした。

「さすが、大人気人形作家の岡本桜子《おかもとさくらこ》さん。神業《かみわざ》をそばで拝見《はいけん》できて、光栄です」

マスターさんが言った、人形作家って……。

えっ、わたし？

「桜子《さくらこ》さんの作る砂人形《すなにんぎょう》は、展示会《てんじかい》のたびに作ってはこわしていくというスタイルなんですよね。はかないからこそ、いまをたいせつに生きようというメッセージがこめられて、見るひとに勇気を与《あた》えているそうですね」

マスターさんの言葉に、おとなのわたしが「ええ」とうなずいている。

「子どものころは、フェルトやハギレで布《ぬの》の人形を作っていたのですが、もっと自分に合う材料があるんじゃないかと試行錯誤《しこうさくご》した結果、砂で作るようになったんです」

おとなのわたしは、そう言った。

おとなになったわたしは、人形作家になっているの？

夢《ゆめ》が、かなっているんだ。

でも、そうするためには、いま、子どものわたしはどうしたらいいのだろう。

いまのわたしにできること。

――「自分の好きな世界を、自信を持ってたいせつにして」

おとなのわたしが言った言葉を思い出す。

そうだ、自分の好きな世界に自信を持つこと。

好きなものは、好きと堂々《どうどう》としていること。

それが、夢に近づくため、いまのわたしにできることなんだ。

いつのまにか、涙《なみだ》は止まっていた。

「ああ、つかれた」

おとなになったわたしは「ん～っ」と、のびをした。

「マスターさんのお店で、クリームソーダを飲みたいな。あ、おなかもすいちゃった」

「では、グラタントーストはいかがですか？　厚切《あつぎ》りの食パンに、あつあつのグラタンを入れて、こんがり焼くんです。チーズもたくさん載《の》せましょう」

「わあ、おいしそう！」

ふたりは、わたしのもとから去っていった。

「……ちゃん、桜子ちゃん！」

肩《かた》をたたかれ、わたしはハッと我《われ》に返った。

あわてて自分の両手を見る。

だいじょうぶ、砂《すな》になんかなっていない。わたしは、ちゃんと、ここにいる。

「どうしたの？　ずっとぼんやりしていたよ」

玲香《れいか》ちゃんが、心配そうにわたしの顔をのぞきこんだ。

「だいじょうぶ？」

「今日も暑いからね。もしかして、熱中症《ねっちゅうしょう》じゃない？」

「そういえば桜子《さくらこ》ちゃん、映画《えいが》に行った日もぼんやりしてたもんね。あのときも暑かったし。ねえ、保健室《ほけんしつ》に行こうか」

佳椰《かや》ちゃんも、萌奈美《もなみ》ちゃんも、わたしを心配してくれている。

三人とも、やさしいんだ……。

こんなにやさしい友だちの前で、わたしは自分をおし殺《ころ》して、言いたいことも言えずにいる。

それって、なんだかへんだよね。

さっきあったことは、夢《ゆめ》だったのかな。

ううん、夢じゃないって信じたい。

おとなになったわたしは、夢をかなえている。

それを思い出すと、いままでまとっていたよろいをぬげるような、そんな気がしてきた。

自分の好きなことにも、自信を持ってみよう。

たとえ、それがまわりと少しちがっていても。

みんなとちがう部分が、わたしを作るもとになるんだって、おとなになったわたしを見て、わかったから。

これからは、なんでもかんでも、みんなに合わせるのはやめよう。

「みんな、わたしはだいじょうぶだよ。心配かけてごめんね」

わたしは言った。

よし、このまま、わたしの好きなこともみんなに話してみよう。

「ねえ、夏休みのお出かけのことなんだけど、わたし、美術館《びじゅつかん》に行きたいんだ」

心臓《しんぞう》がドキドキする。

どんな反応《はんのう》が返ってくるんだろう。

「美術館？」

「えー、意外だね」

みんなが「へえ」という顔でわたしを見る。

だいじょうぶ、この調子、この調子。

わたしなら、できる。

「あのね、美術館《びじゅつかん》って夏休みには子ども向けの展示《てんじ》をやっていて、いつも楽しいんだよ。去年は絵本の原画で、今年は、人形劇《にんぎょうげき》のパペットを展示するの」

わたしが言うと、玲香《れいか》ちゃんが「パペットってなに？」と聞いてきた。

「劇《げき》で使うお人形のことだよ」

「わあ！　おもしろそうだね」

「美術館も、いいかも！」

みんな、興味《きょうみ》を持ってくれたみたいで、その顔がぱあっと明るくなった。

心の中で、おとなになったわたしがほほえむ。

お守りを手にしたみたいに、心強い気持ちになった。

ひととちがうことをするのは、時に暗いトンネルを
ひとりで歩いているみたいな気持ちになる。
でも、長いトンネルを抜《ぬ》けたころに、
あなたは「なりたかった自分」になれているのかも。

マスターさんより

# しあわせ
# ナポリタン

## どうせ、どうせは
## 呪《のろ》いの言葉

いつだって、おれの心にはかわいた風が吹《ふ》いている。

その風の音は、こう言っているみたいだ。

「どうせ、どうせ」って。

「どうせ、おれなんか」

「どうせ、おれなんかしあわせになれない」って。


日曜日、目がさめると、もう昼の十一時だった。

きのうは、ばあちゃんのスマホを借りて、おそくまでゲームしちゃったもんな。

「葵《あおい》、いいかげんスマホ返せ。充電《じゅうでん》しないといけないんだから」

ばあちゃんはぶうぶう言っていたけど、無視《むし》していると、やがて、ぐうぐう寝息《ねいき》をたて、ねむってしまった。

そのばあちゃんは、というと、すでに出かけている。

どうせパチスロだろう。

ばあちゃんは朝いちばんにパチスロへ出かけて、お店が閉《し》まる夜おそくまで帰ってこない。

おれんちは、アパートで、おれと、ばあちゃんと、母さんの三人暮《ぐ》らし。

女ふたりに男はおれだけで、肩身《かたみ》がせまい。

その母さんは、一か月前から家に帰ってきたり、こなかったりをくり返している。

おれには、ないしょにしているけど、とっくにばれてる。

母さんは、最近できた新しい彼氏《かれし》に夢中《むちゅう》だ。

彼氏や彼女《かのじょ》ができると、頭がそのことでいっぱいになって、ほかのことがおろそかになってしまう。

そういうのを「恋愛体質《れんあいたいしつ》」っていうんだと、クラスの女子たちがうわさしていた。

母さんは、まさにそれだ。

バカだよな。

運よく結婚《けっこん》できたとしても、また離婚《りこん》するのに。

ばあちゃんも、母さんも、離婚している。しかも、仲よく二回ずつだ。

「一回で気づけってな、結婚の才能《さいのう》ないんだよ」

布団《ふとん》に寝ころんだまま、おれは枕《まくら》もとに置いていたぬいぐるみを引き寄《よ》せる。

胸《むね》の上で、ぎゅっと抱《だ》きしめると、おれだけが安心できるにおいが、ふうっと鼻をかすめた。

こいつの名前は、ムームー。

ぼろぼろのクマのぬいぐるみ。

二歳《さい》のころから持っているから、もう十年のつき合いだ。

ムームーの片方《かたほう》の腕《うで》は、とれかかっていて、そこから白い綿《わた》が見えている。

母さんも、ばあちゃんも「きたないぬいぐるみだね」「ダニのすみかだよ」なんて言うけれど、おれは、ムームーを手放せない。

夜は、いっしょの布団《ふとん》でねむる。

においをかぐと、ほっとするんだ。

夏にあった宿泊学習《しゅくはくがくしゅう》、おれたちの学年は山にある自然の家に泊《と》まった。

二泊《はく》三日。

家を離《はな》れているあいだ、ムームーのことが気になって、登山も、キャンドルナイトも、ぜんぜん楽しめなかった。

……クラスのやつらには、とてもじゃないけど、言えないよな。

自分で思って、笑ってしまう。

小六にもなって、しかも、男子が、こんなボロいクマのぬいぐるみをたいせつにしているなんて。


放課後、おれは担任《たんにん》の永井《ながい》ゆり子《こ》先生に職員室《しょくいんしつ》へ呼《よ》び出された。

「時間がかかってもいいから、先生といっしょに最後まで仕上げてみましょう。自分で作ったナップザックを使うのも、すごく楽しいよ」

先生の手には、作りかけになっている、おれのナップザック。

おれは、家庭科の授業《じゅぎょう》がきらいだ。

調理実習では失敗ばかりするから、同じ班《はん》の女子たちに「葵《あおい》は、なにもしないで」って言われて、いつも味見係。

裁縫《さいほう》も、大っきらいだ。

ちゃんとやっているつもりなのに、布《ぬの》を切ろうとすると、はさみはへんな方向へ曲がるし、針《はり》を持つと、すぐに指をさしてしまう。

みんなはとっくに完成させたナップザックを、おれは、クラスでただひとり作り上げることができなかった。

「葵《あおい》くんなら、できますよ。ねっ」放課後、家庭クラブのみんなといっしょにナップザック作りの続きをしましょう。ねっ」

先生は、家庭クラブの顧問《こもん》をしているのだ。

ねっ、て言われても、こっちの身にもなれよな、先生。

家庭クラブなんて女子だらけの空間で授業《じゅぎょう》の居残《いのこ》りするなんて、どんな罰《ばつ》ゲームだよ。

「うるせえんだよ」

おれは、先生をにらみつけていた。

言いすぎかな、と思ったけど、こうやってきつく言わなきゃ、先生はおれを解放《かいほう》してくれないだろう。

「よけいなお世話。おれのことなんて、どうでもいいだろ」

おれの声は教頭先生の耳に入ったみたいで「こらっ！　言葉づかいに気をつけなさい」と怒《いか》りの声が飛んできた。

みんなとくらべて生活態度《せいかつたいど》が乱《みだ》れていると、おれは教頭先生に目をつけられ、しょっちゅう注意されている。

お説教が始まる前に、逃《に》げ出そう。

「あっ、葵くん」

先生が呼《よ》び止めるのを無視《むし》して、おれは職員室《しょくいんしつ》を飛び出した。

教室に寄《よ》りランドセルをひっつかむと、おれはいそいでアパートをめざした。

帰ったら、すぐにムームーを抱《だ》っこしよう。

──「どうせ、おれなんて」

かわいた風が、心に吹《ふ》きあれる。

ムームーを抱きしめたら、この風はやむんだ。


今日もどうせだれもいないんだろうな。

アパートへ帰ってきたおれはランドセルからカギを取り出し、玄関《げんかん》のドアに差しこんだ。

がちゃっとカギを回してドアを開けようとすると、あれ？　閉《し》まってる。……と、いうことは、カギは開いてたってことか。

ばあちゃんかな？

それとも、母さん？

ただいま、なんていつもは言わないから照れくさくて、おれは靴《くつ》をぬぎながら「おーい」と呼《よ》びかけた。

返事はない。

やっぱり、だれもいないのか？

せまい部屋に上がったとたん、おれは異変《いへん》に気がついた。

……なんだ？

おれんちって、前からこんな感じだったか？

朝、出てきたときと、部屋の中のなにかがちがって見える。

おれは部屋を見回し「あっ」と声をあげた。

わかった！　物が少なくなっているんだ。

いままで、おれの家は、ゴミやしきとまではいかないけれど、はっきりいってきれいとはいえない状態《じょうたい》だった。

いったい、なにがあったんだ？

とりあえず、水でも飲むか。

ランドセルをせおったまま、台所へ行く。

食卓《しょくたく》で、母さんがスマホを片手《かたて》におれをちらっと見た。

「おかえり」

母さんがいるなんてめずらしいな、と思いながら、おれは聞いてみる。

「母さん、家、片《かた》づけたの？」

アハハ……と、母さんは笑いだした。

「まあねー。うん。あのさ、家がちらかってると、しあわせになれないんだってー。わたしが恋愛《れんあい》でしくじるのって、家がきたないからじゃないって友だちに言われたから」

「ふーん。それで、片づけしたってわけ」

あーあ、出た出た。得意《とくい》の恋愛体質《たいしつ》だよ。なんでも、それにからめて考えるんだ、このひとは。

それにしても、部屋の中、ずいぶんすっきりしたな。

カーテンレールにかけっぱなしになっていた洋服や、中になにが入っていたかわからない衣装《いしょう》ケースなど、たくさんの物が消えている。

「わたし、ゴミの日まで待ちきれなくって。ゴミの山持って収集《しゅうしゅう》センターまで行っちゃったわよ」

「へえ」

ああ、そういうことか。

ぴんときたおれは、母さんに向かって、言った。

「またフラれたんだ」

「うるさいっ！」

母さんは、そのへんにあった雑誌《ざっし》をおれめがけて投げてきた。

怒《おこ》ってる、怒ってる。

つまり、大当たりってことだ。

家のゴミを捨《す》てただけで恋愛《れんあい》がうまくいくわけないだろ、バカだな……って、ゴミといえば、まさか！

おれは、いちばん奥《おく》の部屋、いつも寝起《ねお》きしている和室へ急いだ。

まさか。

まさか。

心臓《しんぞう》がドクンドクンと鼓動《こどう》を打っている。

急いでふすまを開けると、和室には、おれが使っている布団《ふとん》がおりたたまれていた。

いない！

頭のてっぺんにかみなりが落ちて、電流が体をかけめぐっているような、そんな気がしてきた。

「ムームー、ムームー、どこだっ」

いつも、たたんだ布団の上で、ちゃんとおすわりしていたムームーがいなくなっている。

布団をばさばさひろげ、ムームーをさがす。

押《お》し入れの中か？

いない。

捨てられずに残っていた衣装ケースもひっくり返す。

いない。

ムームーが、どこにもいない！

「あーあー、せっかく片《かた》づけたのに、あんた、なにやってんのよー」

部屋をのぞきこんだ母さんが、不満げな声をもらした。

「母さん……。ム、ムームーは……？」

おれの声は、ふるえていた。

母さんは、ふんっと鼻で笑う。

「捨《す》てた。もちろん捨てたわよ、あんなゴミ。あれ、うちの中でいちばん不幸を呼《よ》びそうなモノだったから」

「はあっ？」

怒《いか》りのあまり、目の前がくらっとした。

おれは、母さんの前にずいっと進み出る。

つき飛ばしてやりたい衝動《しょうどう》を、ぐっとこらえるため、こぶしをぎゅっとにぎりしめた。

「な、なによ。そんなに本気になることないじゃない。ぬいぐるみなら、また新しいの買ってあげるわよ」

「うるせえっ」

はきすてるように言うと、おれはアパートを飛び出した。
気をゆるめると、目に見える景色が涙《なみだ》でゆがむ。
泣くもんか。
泣いたって、ムームーはもどってこない。
おれは、近くの公園で、ひとりブランコに乗っていた。
もう、帰りたくない。
歩けるところまで行こう。
アパートから離《はな》れた場所なら、もうどこだっていい。
しかし、こいつがじゃまだな。
ランドセルを下ろして、ひざに載《の》せる。
ムームーのことで頭がいっぱいだったせいで、これをせおったまま来てしまった。
いいや、こんなもん。
ランドセルをすべり台の下に置いた。
……もう二度と使わないかもしれないもんな。

身軽になったおれは、街の中を歩き続けて、新幹線《しんかんせん》がとまる駅までやってきた。

大きな駅舎《えきしゃ》を見上げると、いちばん上に新幹線のホームが見える。

ちょうど、都会へ行く新幹線がとまっているところだった。

あれに乗って、知らない街へ行けたらなあ。

そこで、いまのおれから脱皮《だっぴ》して、ちがうおれになるんだ。

お金持ちで、勉強も、運動も、もちろん家庭科だって得意《とくい》になって、クラスではみんなの人気者になって……。

無理だ。

一瞬《いっしゅん》、夢《ゆめ》のようなことを考えてしまった。

新幹線に乗るお金なんてないし、おれは脱皮なんてできない。

たとえ、どこまで逃《に》げていっても、おれは、おれでしかないんだ。

駅へ入るのは、あきらめて、おれはバスのターミナル近くにあるベンチにすわった。

たくさんのひとが、おれの前を行ったり来たりしている。

その全員が、みんな、おれよりしあわせなんだろうな、と思うんだ。

母さん、せめて、ゴミの日まで待っていてくれたらよかったのに。

よりによって、収集《しゅうしゅう》センターまで行っちゃうなんてな。

いつもそう。

母さんは、なにごとも、極端《きょくたん》なんだ。

やると言ったら、すぐに行動して、だから長続きもしない。前の結婚《けっこん》だって、そうだった。

結婚からたったの二か月。

最初はやさしかった新しい父親は、なにがおもしろくないんだか、いつもイライラするようになっていた。暴力《ぼうりょく》とまではいかなくても、壁《かべ》やドアを大げさにけるその姿《すがた》は「おまえたちなんていつでもひねりつぶせるんだからな」という主張《しゅちょう》に見えた。

そのうち、毎日のように夫婦《ふうふ》げんかをするようになった。

おたがいをののしりあう声を聞きながら、おれは、ただムームーをぎゅっと抱《だ》きしめた。

もう、やめてくれ。

クラスの子たちのように、外食に行けなくてもいい。

家族旅行だっていらない。

誕生日《たんじょうび》プレゼントもいらない。
特別なことは、なにひとついらない。
ただ、なにもトラブルが起こらないだけでいい。
「わたし、離婚《りこん》したから。葵《あおい》、これからは、ばあちゃんちで暮《く》らすよ」
ある日、突然《とつぜん》、母さんはそう言って、いまのアパートへ引っ越《こ》した。
おれは、本当は不安なんだ。
いつもハラハラしてる。
母さん、次はなにをするんだよって。
だけど、ムームーがいるから、なんとかがんばれた。
そのムームーだって、いまはもう、いない。
――「どうせ、おれなんて」
心の中にふく風は、はげしさを増《ま》し、嵐《あらし》になる。
――「どうせ、おれなんて、しあわせになれない」
バスターミナルのベンチにすわったまま、夜をむかえた。

いまが十月でよかった、と思う。

夏だったら、暑くてとても外にはいられないし、冬は、その反対で寒いから無理だ。

その点、十月のいまは、たとえ野宿することになっても、まあ、なんとかがまんできそうだし。

「ねえ、きみ、どうしたの」

おじさん、というにはまだ少し若《わか》い、中途半端《ちゅうとはんぱ》な年の男が、おれに声をかけてきた。

「さっきから、ずっとここにいるよね。もしかして、なにかこまってるんじゃない？

家に帰れない事情《じじょう》があるとか」

「…………」

なんだ、こいつ。

とりあえず、無視《むし》することにした。

おれがなにも答えないのを見て、男は、やがてどこかへ行ってしまった。

気になったのは、その表情《ひょうじょう》が、少しなごりおしそうだったところだ。

へんなやつ。

そんなことを考えていたら、さっきの男が、またおれのところへもどってきた。

「のど、かわいてるんじゃない？　はい、これ」

駅の中で買ってきたのだろう。男は、ハンバーガー店の紙コップをおれに渡《わた》してきた。

……毒入《どくい》りじゃないよな？

おれがだまっていると、男は言った。

「コーラだよ。もしかして、炭酸《たんさん》きらい？」

ごくっとのどの奥《おく》が鳴った。

考えてみたら、学校から帰ってきて、なにも口にしていない。

「……ちがう飲み物を買ってこようか」

男が言ったので、おれはうばいとるように紙コップを手にした。

ストローに口をつけ、いきおいよくコーラをすい上げる。

しゅわしゅわの炭酸がのどに気持ちよく、つかれていた体に甘《あま》い味がよくしみた。

「ねえ、こまってるなら、ぼくが助けてあげるから。ね、うちにおいでよ」

やさしくほほえんだつもりだろうか。

それでも、おれには、男が持っている本音がすけて見えるようだった。

世の中には、おれみたいに居場所《いばしょ》のない子どもを「助けてあげるよ」と言って、つれていくおとながいる。

学校の先生たちが言っていた。

女子だけじゃないって、おれたち男子もターゲットになるときがあるんだって。

こういうことだったのか。

「ハンバーガーも食べたかったら買ってあげるよ」

男の言葉に、おれの腹《はら》がぐうと鳴った。

……野宿してひもじい思いをするよりはマシかもしれない。

そこまで考えて、それ以上のことを想像《そうぞう》するのは、もうやめた。

「この近くの駐車場《ちゅうしゃじょう》に車、とめてあるんだ。行こう」

男に言われるがまま、おれはだまって、うなずいていた。

歩いていると、男がおれの手をにぎってきた。

ぞわっと背中《せなか》に鳥肌《とりはだ》がたち、大声をあげそうになるのを、おれは必死でがまんする。

「きみ、けっこうかわいい顔してると思うよ。さっきから、なにもしゃべってくれないね。どんな声なのかなあ」

やっぱり、いやだ！　がまんしようと思ったけど、無理だ！
気持ち悪い！
おれは、男の手をふりはらうと、ダッシュした。
「あっ！　おい！　待て！」
うわ、追っかけてくる！
でも、後ろをふり返る余裕《よゆう》はない。
「待てって言ってるだろ！」
おれは、自分の出せる最大のスピードを出して走った。
ランドセル、捨《す》ててきてよかったな。
あれがあったんじゃ、こんなにはやく走れなかった。
でも、こまったな。このままじゃ、追いつかれるのは時間の問題だ。
そう思ったとき、おれはみつけた。
コーヒーカップの絵が描《か》いてある看板《かんばん》に明かりがともっている。
すっかり暗くなった道で、それは、まるでおれにみつけてもらいたくてしかたない
という感じにこうこうと輝《かがや》いていた。

あそこだ！
目標が定まると、足に力が入って、おれはさらに走るスピードを上げた。
看板のそばには地下へ続く階段《かいだん》があった。
ちょうどいい、助かった！
地下へ飛びこむようにして、おれは階段を下りていった。
「はあ、はあ……」
肩《かた》で息をしながら、おれは壁《かべ》に手をついた。
しばらく、ここに隠《かく》れさせてもらおう。
ほっとしたのもつかのま、
「ここだな。逃《に》げられると思ったか！」
さっきの男の声と、階段をかけ下りる足音が聞こえてきた。
やばい！　みつかった！
もうだめだ、そう思ったときだった。
――「こっちだよ、葵《あおい》くん」
えっ？

さっきの男の声じゃない、べつのだれかがおれを呼《よ》ぶ声が聞こえてきた。

――「葵《あおい》くん、はやく、はやく！」

まさか……、そんな……。

おれの耳に聞こえてくるんじゃなくて、体の内側からひびいているような声。

だけど、おれは、ずっとこの声を知っていた。

――「そうそう、こっち、こっち」

声にみちびかれるようにして、おれはうす暗い通路を走っていく。

そのうち、あの男もあきらめたのか、追いかけてくる気配も足音もしなくなった。

「はあ、はあ」

全速力で逃《に》げてきたから、つかれた。

おれは壁《かべ》に手をついて、肩《かた》で息をしていた。すると突然《とつぜん》、まわりがぱあっと明るくなった。

一瞬《いっしゅん》、あの男にみつかったのかと思って、体がびくっとしてしまう。

「わ、すげ……」

光を発しているのは、壁だった。

さっきまでなにもないつるんとした壁だったのに、ここからカラフルなステンドグラスになっているんだ。

空にかかるアーチみたいな虹《にじ》。そのまわりを飛んでいる鳥や風船。

こんなこと、いつもは思わないのに、おれの心にはこんな感情《かんじょう》がわいていた。

きれいだなって。

きれいすぎて、この世界のものじゃないみたいだ。

だって、おれが生きてきた世界は、いつもきたなかった。

片《かた》づけが苦手なばあちゃんと母さんがちらかした部屋。

それに、母さんと、父さんになった男がけんかして、おたがいをののしるきたない言葉。

体の内側から、また声がひびいてくる。

――「えへへ、きれいでしょ？　これを葵くんに見せたかったんだあ」

おれを包みこむような、あったかいしゃべり方。

うそだろ。なんで、おまえの声が……。

目のはしに涙《なみだ》がにじみ、おれはあわてて洋服の袖《そで》でそれをぬぐった。

それにしても、この地下通路はどこまで続いているんだろう。目をこらすと、つきあたりに扉《とびら》があった。

地上にあったコーヒーカップの絵が描《か》かれた看板《かんばん》を思い出す。

あそこが、そうなのか？

近づいてみると、扉のそばにはガラスのショーケースがあり、中には食品サンプルが並《なら》んでいた。

鉄板の上のハンバーグ。

オムライスにナポリタン。

サンドイッチ、クリームソーダ。

まだ十二年しか生きていないおれでも、なんだかなつかしいな、という気持ちになってくる。

こういう食品サンプルがあるお店って、昔はよくあったってテレビやネットの動画で見たことがある。

ぐう、とまた腹《はら》が鳴った。

にせものでも、うまそうだ。

もうとっくに夕飯の時間、過《す》ぎてるもんな。

カラン、コロン。

中から扉が開くと同時に、小さな鐘《かね》の音が聞こえた。

「いらっしゃいませ」

中から出てきたのは長い髪《かみ》を後ろでひとつにまとめ、黒いワンピースに、フリルのついた白いエプロン姿《すがた》の女のひと。

かっこうからして、この店のひとなんだとすぐにわかった。

でも、だめだ。

おれ、金持ってないし、こういう店って、子どもがひとりで入っちゃまずいよな。

引き返そうとすると、店のひとに呼《よ》び止められた。

「ご予約いただいた小野葵《おののあおい》さんですね。お待ちしていました」

「なんで、おれの名前……」

もしかして、さっきのへんな男のしわざかと思い、一瞬《いっしゅん》、背中《せなか》がぞわっとした。

いいや、そんなはずないよな。

おれ、名前、言ってないし。

店のひとは、おれを見て、ふふっとほほえむ。

さっきの男は笑顔にいやらしさがすけて見えたけど、このひとはちがう、と思った。

「おつれさまは、もういらしていますよ。さあ、中へどうぞ」

つれ？

やっぱり、さっきの男か？　と思ったけれど、気がつくと、おれは店の中へ足をふみ入れていた。

うす暗い店内を、おそるおそる見回す。

そこで目にした光景に、おれの心臓《しんぞう》がドキン！　とふるえた。

「ムームー！」

赤いソファに、すわっていたのは、ムームーだった。

ずっといっしょだった、おれのたいせつな、クマのぬいぐるみのムームー！

ムームーと向かい合うようにして、おれはテーブルをはさんだソファにすわった。

茶色の体、まんまるの目、ちょこんとついた鼻、そして、片方《かたほう》の腕《うで》が破《やぶ》れているところも、ちゃんと、ぜんぶがムームーだ！

「葵《あおい》くん。おそかったね、ぼく、ずっと待ってたんだよ」

ムームーがしゃべってる！

生きてるみたいに動いてる！

おれは、おどろかなかった。

なぜなら、ずっと、こんな日を夢見《ゆめみ》て、空想していたんだ。

ムームーが、言葉をしゃべったらいいのになって。

心の中では、おれは、いつだってムームーとおしゃべりしていた。

そう、さっき男に追われていたとき、おれを助けてくれたあの声だって……。

――「こっちだよ。葵くん」

体の内側からひびいてきたあの声。

「やっぱり、あれはムームーだったんだな」

おれが言うと、ムームーは照れくさそうに「えへ」と笑った。

「ムームー……。よかった。母さんに捨《す》てられたって、おれ、ムームーに、もう二度と会えないかと思った。無事だったんだな。ゴミ収集《しゅうしゅう》センターから逃《に》げてきたのか？」

「うん。葵くんに会いたくて、ゴミの山を登って脱出《だっしゅつ》してきたんだよ。よいしょ、よいしょって」

「ははっ。すげーな」

「うん、ぼく、見かけによらず、強いんだぞー。クマの子だからね。がおーう」

ふしぎだな。

ムームーと、こんなふうにしゃべってるなんて。

心の中では、ずっと会話してきたけど、これは現実《げんじつ》なんだもんな。

もしかして、ここは天国か？　……ってことは、おれ、死んじゃったのかな。

でも、いいや。

どうせ、生きてたっていやなことばっかりだし、おれみたいなやつがしあわせになれる保証《ほしょう》もないし。

「マスターさん、ぼくたち、おなかぺこぺこです」

ムームーが言うと、店のひとが「承知《しょうち》いたしました」と返事をした。

そうだった、こういう店のひとのことを「マスター」っていうんだ。おれも、なんとなくだけど知っている。

「お待たせいたしました」

しばらくすると、マスターさんが食べ物を運んできた。

「すげー。うまそー」

ナポリタンと、サンドイッチだ。

ショーケースにあったのとおんなじ。だけど、こっちは本物！　その証拠《しょうこ》に、ほんのり湯気がたっているできたてだ。

「いっただきまーす」

おれと、ムームーは夢中《むちゅう》で目の前の食べ物を食べた。

「おいしいね、葵《あおい》くん」

「うん。ムームーといっしょだから、よけいにうまく感じる！」

「ぼくも、おんなじ」

ふたりで顔を見合わせ、笑う。

ムームーはぬいぐるみだから、表情《ひょうじょう》までは変わらないけれど、おれにはたしかに笑っているように見えた。

ああ、腹《はら》いっぱいだ。

からになったお皿の上に、おれはフォークを置いた。

「ムームー、おれ、毎日がつらいよ。どうせしあわせになれないのに、なんで生きてなきゃいけないいんだろうな。もう、がんばれねえよ」

そう言うと、今度は、ムームーが、ちょっとさみしそうな顔になった。

ほかのひとが見たら、ムームーはぜんぜん変化していないのかもしれない。ぬいぐるみだから。

でも、おれには、ムームーはくるくると表情《ひょうじょう》を変えるように見えるんだ。

「……葵《あおい》くん、つらいんだね」

ムームーが言って、おれは「うん」とうなずいた。

「母さんにふり回されて、知らない男と暮《く》らすのは、もううんざり。次はなにが起こるんだ？　って、ハラハラするのも、つかれた」

ムームーは「マスターさん」と店のひとを呼《よ》んだ。

「葵くんに、なにかあたたかくて、甘《あま》い飲み物をください……」

「かしこまりました」

マスターさんが持ってきたのは……。

「ウインナーココアです」

クリームの載《の》ったココアは、ムームーみたいにやさしくて甘い味だった。

ああ、この茶色、ムームーに似《に》てるなと思って、顔を上げたときだった。

「ん？」

向かい側にすわっているムームーの様子がおかしい。

ムームー、なんか、前よりボロくなってきてないか？

片方《かたほう》の腕《うで》が破《やぶ》れているのはもとからだけど、耳もとれかかっている。体のあちこちから、糸がぴんぴん飛び出しているのも、前はなかったような……。

「デザートに、バニラアイスをどうぞ」

マスターさんが、銀色の食器に載ったバニラアイスを持ってきた。ウエハースもそえてある。

「やった、ムームー、アイスだぜ」

「おい、し、そ……」

言い終わらないうちに、ムームーの言葉がとぎれる。

ムームーの頭が胴体《どうたい》からごろり、と落ちた。

「ムームー！」

おれは、急いでムームーのそばへ行くと、ぼろぼろの体をそっとつかんだ。頭がとれたところから、バニラアイスみたいな白い綿《わた》がのぞいている。

「あ、お、い、く、ん」

ムームーは、いまにも消えそうな声で言った。

「ぼく……もう、ぬいぐるみの、いのちが……おわり、そうなんだ……。ゴミの、山を、のぼった……とき、すこし、無理、しすぎた、みたい……」

そんな！

せっかく、また会えたって、よろこんだばっかりなのに。

「ぬいぐるみって、ね……。持ち主が、いるから、がんばれ、るんだよ」

ムームーは言った。

「あおいくんは……もう、がんばれないんだ、よね？　だから、ぼくも……」

「ムームー！　死ぬな！　死んじゃいやだ！」

ぬいぐるみに、死んじゃいやだと言うのは、おかしいのかもしれない。

そうだ！

ぬいぐるみなら！

「おれが直す！」

ムームーに向かって、言った。

「ムームー、おれが、おまえを直してやる！　だから、死なないでくれ」

おねがいだ！

「…………」

さっきまで言葉を話していたムームーは、もうなにも言わなかった。

おれの手にあるのは、クマ、という形さえもなくなってしまった、ぼろぼろのぬいぐるみのかけらたち。

だけど、どんな形になっても、おれには、たいせつな、かけがえのない友だちなんだ！

おれは、ソファにちらばった、ムームーの綿を拾い集める。

少しも取り残さないよう、ていねいに、そっと……。

なにも話せない、動けないムームーでも、おれの心の中では、おまえはいつだって自由自在《じゆうじざい》だった。そうだろ、ムームー。もう一度、ムームーに会いたい！

おれに会うため、ゴミの山を登って帰ってきてくれたムームー。

ムームーの気持ちを、おれはぜったい無駄《むだ》にしたくない！

「これ、どうぞ」

マスターさんが差し出してくれたのは、家庭科で、おれが作るはずだったナップザックだった。

作りかけだったはずのそれが、いま、きれいに完成して、ここにある。

マスターさんは「これにムームーを入れたら？」という顔をしている。

「ありがとうございます」

マスターさんの提案《ていあん》に甘《あま》えて、おれはナップザックにムームーのかけらたちを入れ、背中《せなか》にせおう。

「あの……」

おれが声をかけると、マスターさんは「なんですか？」というふうに首をかしげた。

「いったい、どうしてこんなにふしぎなことが……。マスターさんって、もしかして、魔法使《まほうつか》いとかじゃないですよね？」

小六にもなって「魔法使い」だなんて、照れくさい。でも、どうしても聞いておきたかったんだ。なんといっても、おれのたいせつなムームーがもどってきたのは、このマスターさんの力のような気がしていたから……。

「わたしは、ただの喫茶店《きっさてん》のマスターですよ」

マスターさんは、ふふっと笑った。

「え、でも……」

おれは、もう一度マスターさんを見た。

「魔法を使えるのは、むしろ、葵《あおい》さん、あなたではないですか？」

マスターさんが言う。

「え？」

おれが？　魔法？

「ええ、あなたは、ずっと自分で自分に呪《のろ》いの魔法をかけていましたから」

マスターさんはそう言ったけれど、おれにはちっとも意味がわからなかった。

早くうちへ帰ろう。

そう決心すると、おれは、いつのまにか店の外に立っていた。

地下へ続く階段《かいだん》があった場所には、なにもなかった。

アパートへ帰るとちゅう、おれの目に飛びこんできたのは、たくさんのパトカーや、そのまわりをうろうろする警察官《けいさつかん》だった。

これって、もしかして、おれを捜索《そうさく》してるってことか？

「葵《あおい》！」

おれをみつけた母さんとばあちゃんが、こっちへ向かって走ってくる。

「ごめん！」

母さんは、すごいいきおいで、おれをがばっと抱《だ》きしめた。

「公園で、あんたのランドセルをみつけたときは、心臓《しんぞう》が止まりそうになったんだから！　どっか行っちゃったんじゃないかって！」

ばあちゃんも、涙《なみだ》を流しながら、うんうんとうなずいている。

「ごめんね。カッとなって、ムームーを捨《す》てたなんて言って……。うそなの！　なにがあってもムームーは捨てたりしないよ。だって、葵がいちばんたいせつにしてるものだって、わたしも知ってるんだから」

ムームーは、別れた父さんが買ってくれたぬいぐるみだった。

いちばん初めの父さん。

おれと血のつながっている、本当の父さんがくれた唯一《ゆいいつ》のものだ。

「どうせわたしなんて、どうしようもないだめな母親だって、自分でもわかってるの」

「そんなことないよ」

おれは言った。

母さんはおれを腕《うで》の中から離《はな》し、こっちをじっとみつめてきた。

「おれにとって、母さんは、この世でひとりしかいないんだから。だから……。だから、どうせなんて言うな。こっちが悲しくなる」

言ったあとで、自分もそうだったと気がついた。

おれも「どうせ、どうせ」って自分で自分をふみつぶすようなことを考えていたんだ。ずっと……。

そっか。さっき、『純喫茶《じゅんきっさ》クライ』のマスターさんが言ったことって、こういうことだったんだ。

――「ええ、あなたは、ずっと自分で自分に呪《のろ》いの魔法《まほう》をかけていましたから」

おれが、おれ自身にかけていた「どうせ、どうせ」の呪いの魔法。

母さんが、ムームーに嫉妬《しっと》していること、おれはちゃんと気づいていた。

ムームーをたいせつにするのと、母さんはぜんぜん関係ないのにな。

これを買ってくれた父さんのこと、おれは、ほとんどおぼえていないんだ。別れたのは、おれが三歳《さい》のときだし。

「葵《あおい》、早くうちに帰ろう。ムームーも待ってるし」

「ムームーなら、ここにいるよ」

おれは、ナップザックから、ぼろぼろになったムームーを取り出した。

あまりのひどさに、母さんがハッと手で口をおおう。

「どうして？　ムームーは、食器棚《しょっきだな》に隠《かく》したのに。それに、なんで、こんなぼろぼろに……」

「葵くん！」

担任《たんにん》のゆり子《こ》先生だ。

おれがいなくなったと聞き、警察《けいさつ》といっしょにさがしてくれていたらしい。

「ごめんなさい」

頭を下げてあやまると、先生は「いいのよ。無事でよかった」と言ってくれた。

そして、おれが持っているナップザックを見て、とてもおどろいた。

「あらっ！　葵くん、そのナップザック……。どうして？　いつのまに完成させたの？　でも、すごいわ！」

おれが完成させたんじゃないんだけど……。まあ、いいか。

それよりも……。

おれは、ナップザックの中身を先生に見せた。

「先生、このぬいぐるみ、もとにもどすこと、できますか？　おれの、自分の手で直してあげたいんです。おれ、家庭クラブに入るから、直し方、教えてくれますか？」

先生は、おれの肩《かた》に手を置くと、力強くうなずいた。

「できますよ。クラブに入っても、入らなくても、それはどっちでもだいじょうぶだから。いっしょにやってみましょう」

「はい！」

警察も帰っていき、無事、一件落着《いっけんらくちゃく》。

ちょうどいいタイミングで、おれの腹《はら》が、ぐうーっと鳴った。

さっき、ムームーとあんなにたくさん食べたのに。

「今日は、このまま、どこかで外食でもするかい」

ばあちゃんが言った。

「そうだ！　ばあちゃん、母さんも、おれ、いい店知ってるんだ。そこに行こうぜ」

えっと、たしか『純喫茶《じゅんきっさ》クライ』って店だったよな。

さっき行ったばかりだけど、ふたりをあそこへつれていきたい。

だけど、もと来た道を、ちゃんと同じように通ってきたはずなのに、どうやっても『純喫茶クライ』へはたどりつかない。

「おかしいな、このへんだったはずなのに」

きょろきょろとあたりを見回しているおれに、母さんが「なんてお店？」と話しかけてきた。

母さんに店の名前を言って、スマホで調べてもらうことにした。

「おかしいわね。葵《あおい》、『純喫茶クライ』なんてお店、存在《そんざい》していないみたいよ。ネットの地図にも、なんにも出てないもの」

「ええ、そんなはず……」

「夢《ゆめ》でも見たのかもしれないね」

ばあちゃんが言って、ふたりは笑っている。

そうなのか？

あれは、夢だったのかな。

だけど、背中《せなか》にせおったナップザックには、ちゃんとムームーがいる。ぼろぼろになってしまったけれど。

でも、いいや。夢だとしても。

おれは、もう「どうせしあわせになれない」なんて、思わないから。

いまは、これから起こることに、胸《むね》がわくわくしているのが自分でもわかる。

ムームーを、自分の手で直すんだ！

歩いていると、ちょうどラーメン屋さんがあった。

おれ、母さん、ばあちゃんが、そろって、にやっと笑う。

「ラーメンは？」

「さんせい！」

自分で自分につぶやく「どうせ」は呪《のろ》いの言葉。
あなたをがんじがらめにしばりつけ、夢《ゆめ》も希望も、
そのひとにしかない可能性《かのうせい》もなにもかもうばってしまう。
……だけど、かけた呪いを解《と》くことができるのも、自分だけ。

マスターさんより

……雨が降《ふ》ってきたようです。

『純喫茶《じゅんきっさ》クライ』は地下にあるお店ですが、マスターさんは、地上の天気にとてもびんかんで、空を見なくても、晴れているか、くもりか、または雨降りか、完ぺきに当てることができます。

季節の変わり目には、いつも雨がよく降ります。

そして、それは、冷たく、たたきつけるようなはげしい雨です。

マスターさんはコーヒードリップに、ゆっくりとポットのお湯をそそぎました。

あたりに、コーヒーの香《かお》りがふわあっとただよい、冷えた空気まであたたかくなっていくような気がします。

……このコーヒーで、甘《あま》いカフェオレを作りましょう。

マスターさんは、そう思いました。

ここにやってくるお客さんの多くは子どもたち。

ブラックコーヒーよりも、甘いカフェオレのほうが飲みやすいからです。

きっと、もうすぐ次のお客さんがやってくる、マスターさんには、わかりました。

マスターさんがここ『純喫茶クライ』を初めて訪《おとず》れたのも、こんな雨の日でした。

家に帰りたくなくて、ずっと外をうろうろしていたのです。

自分の家なのに、そこが帰りたくない場所なのは、とてもつらいことです。それに、マスターさんは小学生で、そのころは、マスターさんではなく「さとみちゃん」と呼《よ》ばれていました。おとなになったいま、住む場所は自分で選んで決めることができますが、子どものころ、それは魔法使《まほうつか》いにでもならないと不可能《ふかのう》なことでした。

冷たい雨の中、行くあてもなく歩いていると、さとみちゃんはみつけたのです。

コーヒーカップの絵が描《か》かれた『純喫茶クライ』の看板《かんばん》を。

地下へつづく階段《かいだん》を下りていくと、そのお店はありました。

でも、お金を持っていない子どもの自分には関係ない。そう思って、その場を立ち去ろうとしたときです。

「いらっしゃい」

カランコロンと鐘《かね》が鳴り、ふり向くと、お日さまのような笑顔のおばあちゃんがドアを開けていました。

このひとは『純喫茶クライ』の先代のマスターさん。

先代のマスターさんは、さとみちゃんに、あったかいココアを飲ませてくれました。

あとでお金を持ってきます、と言うさとみちゃんに、先代のマスターさんは言いました。

「お代はいらないよ。そのかわり、さとみちゃんがおとなになったら、子どもたちのためにその力をちょっと貸《か》してくれるかい？」

「どんな力ですか？」

さとみちゃんは、先代のマスターさんにたずねました。

先代のマスターさんは、くすっと笑って、

「いま、わたしがしたようなことかな」

と、言いました。

そのとき、さとみちゃんは気がついたのです。

先代のマスターさんに淹《い》れてもらったあったかいココアのおかげで、ちょっとだけ元気が出てきたことを。

さとみちゃんは、早くおとなになりたいと思いました。

それも、この先代のマスターさんのように、しょんぼりしている子どもに、ほんのちょっとでいいから元気をあげることのできるおとなになりたい、そう思いました。

先代のマスターさんは、そんなさとみちゃんの気持ちを見すかしているかのように言いました。

「ふふふ。あせらない。みんな、ひとりじゃおとなになれないよ。それを助けるのが、わたしたちおとなの先輩《せんぱい》の仕事だ。いつでも、ここに来ていいからね」

それから、さとみちゃんは数えきれないほど『純喫茶《じゅんきっさ》クライ』へ通いました。

出会ったころ、すでにおばあちゃんだった先代のマスターさんは、さとみちゃんがおとなになると、

「これからは、さとみちゃんがお店に立つ番だね。たのんだよ」

そう言って、天国へ旅立ちました。

こうして、さとみちゃんは『純喫茶クライ』のマスターさんになったのです。

……カフェオレに合わせる食べ物は、なにがいいでしょう。

マスターさんは、少し考えて、決めました。

ハムときゅうりのサンドイッチにしましょう。

パンには、たっぷりバターを塗《ぬ》って、隠《かく》し味には、マスタード。ツンとからいのは食べにくいから、あくまで、ほんのちょっぴり、少しだけ。

冷たい雨の降《ふ》る中、『純喫茶クライ』の看板《かんばん》に明かりがともりました。

## 吉田桃子

1982年福島県生まれ。日本児童教育専門学校絵本童話科を卒業。2015年、第32回福島正実記念SF童話賞で佳作に入選。2016年、第2回小学館ジュニア文庫小説賞で金賞を受賞し、『お悩み解決！ ズバッと同盟』（小学館ジュニア文庫）として刊行される。同年、第57回講談社児童文学新人賞を受賞して『ラブリィ！』を刊行し、2018年、同作で第51回日本児童文学者協会新人賞を受賞。その他の作品に、『moja』、「ばかみたいって言われてもいいよ」シリーズ、『夜明けをつれてくる犬』『アンナは犬のおばあちゃん』（講談社）などがある。

地図にないお店　**純喫茶クライ**

2025年2月28日　第1刷発行

作者　吉田桃子

発行者　小松崎敬子

発行所　株式会社岩崎書店
〒112-0014 東京都文京区関口2-3-3 7F
03-6626-5080（営業） 03-6626-5082（編集）

印刷所　三美印刷株式会社

製本所　株式会社若林製本工場

NDC913 ISBN978-4-265-84056-4 208P 19cm×13cm

Published by IWASAKI Publishing Co., Ltd.
Printed in Japan

ご意見、ご感想をお寄せください。E-mail info@iwasakishoten.co.jp
岩崎書店HP https://www.iwasakishoten.co.jp
乱丁本、落丁本は小社負担でおとりかえいたします。